KB247635

흔들리는 십 대를 지탱해 줄
다정한 문장들

나는 나라는 이유만으로 아주 소중한 존재입니다.

오늘도 자라고 있느라 수고가 많은 _____에게

『흔들리는 십 대를 지탱해 줄 다정한 문장들』을 전합니다.

자라고 있어요.

잘하고 있어요.

_____드림

흔들리는 십 대를 지탱해 줄
다정한 문장들

김혜정의

청소년을 위한

힐링 에세이

김
혜
정 지음

"마법을 처음 시작하는 방법은 어쩌면 말이야.
멋진 일이 일어날 거라고 그냥 얘기하는 걸지도 몰라.
마침내 그 일이 일어나게 될 때까지 말이야."

프랜시스 호지슨 버넷, 『비밀의 화원』, 시공주니어

어른들이 알려주지 않는 진짜 미래

저는 제가 십 대일 때, 어른들이 잘 이해가 가지 않았어요. 어른들은 자신이 시키는 대로 하지 않으면 큰일이 날 것처럼 겁을 주고 세상에 정해진 답이 있는 것처럼 굴었으니까요. 그런 어른들을 보며 '왜 저러지?' 하면서도 한편으로는 어쩌면 어른이 되면 그들을 이해할 수 있을지도 모르겠다 생각했어요.

하지만 어른이 되어보니 그렇지 않았어요. 십 대 때도 어른들의 섣부른 태도가 마음에 들지 않았는데 어른이 된 지금도 그래요. 오히려 어른이 된 후에 어린이, 청소년들에게 부끄럽고 미안한 일이 더 많아졌어요. 자라나야 할 십 대들을 자라나지 못하게 가두고 앞으로 가야 할 십 대들의 발목을 잡고 있는 형편 없는 모습에 화가 날 때가 많았거든요.

청소년은 사춘기라는 터널을 지나 비로소 어른이 될 수 있어요. 그런데 터널 출구 앞을 누군가 막고 있으면 결코 터널을 벗어날 수가 없죠. 어른은 십 대들이 어두운 터널을 조심조심 잘 지나도록 도와줘야 하는데 그러기는커녕 막고 있다뇨. 미래로 나아가야 할 아이들을 현재에 가둬두어서는 안 됩니다.

2008년 청소년 소설을 쓰기 시작한 이후부터 초, 중, 고등학생을 만나는 강연을 해왔어요. 이제까지 1500회 이상 십 대들을 만난 것 같아요. 저는 강연을 갈 때마다 십 대들에게 말합니다.

"어른 말 다 듣지 마세요."

아이들은 딴짓을 하고 있다가도 이 말을 들으면 눈이 동그랗게 변해요. 대부분의 어른들은 어른 말 좀 잘 들으라고 하니까요. 하지만 저는 청소년 시기를 지나 직접 어른으로 살아보니 어른 말이 틀린 게 많았다는 걸 알게 되었어요.

네, 실은 저는 어른의 내부 고발자입니다.

어른이 되기를 꿈꾸지 않는 십 대들을 보며 안타깝고 속 상했어요. 어른으로 살아본 후 어른으로 살기 싫다고 하면 이해가 갈 텐데, 아직 십 대들은 어른으로 살아보지 않았잖 아요. 그래서 십 대들이 어른의 삶을 꿈꾸지 않는 이유를 곰 곰이 생각해 봤죠. 어른들이 맨날 "돈 벌기 힘들다", "어른은 책임질 게 많다", "회사 가기 싫다" 하는 걸 보고 십 대들이 어떻게 어른의 삶을 기대할까요?

여러분의 미래를 설레는 두근두근이 아니라 걱정되는 두 근두근으로 만들다니, 어른들이 무척 잘못했어요. 사실 어른 의 삶은 신나고 재밌는 일이 많아요. 어른들은 그런 건 알려 주지 않고 힘들고 어려운 것만 이야기해요.(우리나라 사람들 의 특징 중 하나가 장점보다는 단점을 먼저 이야기하는 거라더군 요. 스스로를 낮춰 말하는 것도 있고요. 그러니 다 믿지 마세요) 저 는 십 대들에게 어른의 삶이 생각보다 훨씬 더 근사하고 멋 지다는 것을 알려주고 싶어요.

그리고 어른들이 잘못 알려주고 있는 게 또 있어요. 많은 부모님, 선생님, 보호자님들은 바라요.

"우리 아이는 실패하지 않았으면 좋겠어요."

"우리 아이는 좋은 친구만 만났으면 좋겠어요."

"우리 아이는 잘됐으면 좋겠어요."

"우리 아이는 꽃길만 걸었으면 좋겠어요."

이런 삶이 가능할까요? 어떤 사람도 잘되는 인생만 살 수는 없어요. 실패하지 않는 건 불가능해요. 하지만 어른들은 실패하지 않고 성공하는 법, 잘되는 법만 알려주려고 해요. 그러다 보면 실패했을 때 인생이 큰일 나는 것처럼 착각할 수밖에 없답니다.

어른들이 여러분에게 알려줘야 할 것은 실패하지 않는 법이 아니에요. 잘 실패하는 법을 알려줘야 해요. 실패해도 다시 일어서는 법, 원하는 대로 되지 않았을 때 경로를 수정하는 법, 실패했을 때 나를 다독이고 위로하는 방법 등 잘되지 않아도 괜찮다고 여기는 걸 알려줘야 해요. 지금 젊은 세대들은 최초로 부모보다 못사는 세대가 되었다고 해요. 이 말을 들으면 십 대들은 더 겁을 먹고 걱정하죠. 하지만 쫄지 마세요. 사춘기는 생각과 마음의 크기를 넓혀가야 하는 시기랍니다. 하지만 어른이 시키는 대로만 하고, 어른 말만 듣다 보면 내 크기를 넓힐 수 없어요. 저는 십 대들이 어른 말을 다듣지 않는 정도가 아니라, 좀 우습게 여겼으면 좋겠어요.

"왜 우리한테 못살 거라고 말하지? 아닌데. 난 어른들보다 더 잘살 건데.”

“우리의 미래가 어떻게 될지 잘 알지도 못하면서 왜 함부로 말하는 거야?”

저는 말을 잘 듣는 청소년 시기를 보내지 않았어요. 많은 어른들은 제가 십 대 때도 저를 앞으로 나아가지 못하게 했지만요. 저는 저를 1990년대에 가두려는 어른들을 뿌리치고, 뚜벅뚜벅 사춘기를 지나 제법 괜찮은 어른이 되었어요.

저는 여러분이 괜찮은 미래로 갈 수 있도록 도와주고 싶어요. 나가는 문을 막고 선 못난 어른이 아니라, 문 밖에는 즐거운 미래가 있다는 것을 알려주는 제대로 된 어른 역할을 하고 싶어요.

제가 십 대라는 사춘기 터널을 통과하며 겪었던 일을 들려드릴게요. 그리고 어른이라는 미래를 맞이한 경험도 이야기해 드릴게요. 이 글이 어두운 터널을 지나는 여러분에게 작은 빛이 되어주길 바라요.

자, 미래로 갈 준비되었나요?

여러분의 미래는 이미 시작되었답니다.

차례

프롤로그 어른들이 알려주지 않는 진짜 미래   005

1부 지금 나, 잘하고 있는 걸까?

열정의 유효기간   017

자동차가 움직이려면   022

우선 하자   027

나의 사랑스러운 실패들에게   032

어떻게든 된다   038

내 기준은 내가 만든다   042

2부 내 마음을 알아가는 중이야

우려보다는 격려를   049

내가 작가가 될 거라 믿어준 단 한 사람   054

내가 나를 좋아하는 것=안전벨트   059

자란다의 진짜 의미   063

사춘기라는 터널   068

단 한 마디만 할 수 있다면   074

3부 나만의 속도를 찾아가는 중이야

나에게 집중해   081

서점에 가지 않는 이유   085

왜 일해야 하죠?   090

리미티드 에디션   095

밑줄 긋는 시간   100

닮고 싶은 사람 찾기   105

4부 우리만의 어른이
되어가는 중이야

어른 말 다 듣지 않아도 돼   113

나는 우리 집 가장 젊은이   118

만각형의 세상   122

청소년 소설을 쓸 줄 몰랐지만   129

다양한 역할이 있으니   133

평균의 진짜 의미   138

꿩을 기르는 법   142

5부 아직 스케치를
하는 중이야

미래 기억하기   149

내가 기억하는 세 가지 미래   154

기대하지 않았던 일들 - 초당 옥수수와 발레핏   160

기다림의 즐거움   165

그 많던 궁금증은 어디로 갔을까   170

후회해도 돼요   175

6부

더 나은 세상을
만드는 중이야

꼬여도 돼   183

배려가 쌓이면   188

다정함의 힘   194

인사를 합시다   199

멀쩡도가 늘어나길   204

선의가 이기길   209

에필로그   2100년까지 살 거니까요   215

부록   219

1부

지금 나,
잘하고 있는 걸까?

이 세상이 너무나도 컬러풀하기 때문에 우리는 늘 헤맨다.
어느 것이 진짜 색깔인지 몰라서.
어느 것이 자신의 색깔인지 몰라서.

모리 에토, 『컬러풀』, 사계절

열정의 유효기간

저는 드라마는 좋아하지만 예능 프로그램은 별로 좋아하지 않아요. 그럼에도 불구하고 10년 이상 챙겨보는 유일한 프로그램이 있어요. 바로 「라디오스타」입니다. 네 명의 진행자와 네 명(혹은 다섯 명)의 게스트가 나오는데 게스트 조합이 참 재밌어요. 홍보를 위해 드라마나 영화 팀이 모여 나올 때도 있지만, 새해 해돋이 특집으로 민머리 연예인이 나온다거나 조연 배우들의 '주연 즈음에' 특집처럼 주로 하나의 주제로 친하지 않은 게스트들이 함께 나와요.

한번은 방송에 정동원 가수와 김영옥 배우가 함께 나왔어요. 정동원 가수는 제가 아는 연예인 중 가장 나이가 어렸고, 김영옥 배우는 가장 나이가 많은 분에 속했지요. 정동원 가수가 본인의 새로 나온 음원을 소개하며 "목숨 걸고 만들었습니다"라고 하는데, 그 말에 김영옥 배우가 깜짝 놀라며 바로 "그러면 안 돼!"라고 말씀하시는 거예요. 물론 꾸짖거나 혼내는 말이 아니라 이미 살아본 어른의 조언이었어요.

저는 두 연예인의 말이 모두 이해가 되어 저도 모르게 방송을 보다가 배시시 웃었어요. 정동원 님은 열정이 가득하여 잘해보고 싶은 마음을 목숨까지 걸었다고 표현했을 거예요. 그리고 김영옥 님이 그렇게 말할 수 있는 건, 분명 목숨을 걸고 무언가 해본 적이 있기 때문이에요. 본인이 해보셨기에 그러면 안 된다는 말이 저절로 나왔을 거예요. 이러니 제가 막 첫걸음을 내딛은 분과 삶의 경험이 많이 쌓인 분을 동시에 볼 수 있는 「라디오스타」를 좋아하는 거랍니다.

목숨을 건다는 건 나의 모든 것을 내놓는다는 것이죠. 진짜로 목숨을 걸고 내기를 하는 게 아닌 이상, 그만큼 간절하다는 뜻이에요. 저는 목숨을 걸었다고 말하는 정동원 님의 그 패기와 열정이 너무 멋졌어요. 그렇다고 부럽지는 않아요. 왜냐하면 저도 그렇게 해본 적이 있기 때문이에요. 만약 제가 정동원 님처럼 무언가에 목숨을 걸어보지 않았다면 마냥 부러웠을 거예요. 그런데 저도 십 대, 이십 대 때는 그랬어요.

그 시절 저는 작가가 되는 걸 꿈꿨어요. 하지만 공모전에서 계속 떨어지기만 했죠. 작가라는 꿈이 너무 간절했지만 멀게만 느껴져 좌절도 많이 했어요. 얼마 전 그 시절에 썼던 일기를 다시 꺼내 읽었어요. 스물다섯 살 무렵에 제가 이렇게 적어 놨더라고요.

'공모전에 계속 떨어진다고 해서 작가가 되는 걸 포기하면, 나는 두고두고 내 청춘에게 너무 미안할 거 같아.'

지금의 저는 제 청춘에게 미안하지 않아요. 제가 꿈꾸던 작가가 되어서 그런 게 아니라 원하는 일을 끝까지 해봤기 때문이에요. 간절하게 원하는 게 있으면 해보세요. 종종 최선을 다하면 안 된다는, 열심히 하지 말라는 말을 하는 에세이들이 있어요. 그건 처음부터 최선을 다하지 말라는 게 아니라 지나치게 열심히만 하지 말라는 뜻이에요. 최선을 다해봐야 내가 어느 정도 하면 될지 가늠할 수 있거든요.

제가 어렸을 때 유명한 광고 문구가 있었어요. '나이는 숫자에 불과하다' 물론 이걸 주장한 건 나이 든 사람이었죠. 우리도 젊다, 라는 것을 강조하기 위해서요. 그 광고는 잘 만든 광고의 사례로 뽑히고 저도 좋아한 광고였지만, 저는 나이는 숫자에 불과하다는 말에 동의하지 않아요. 그 나이대마다 할 수 있는 일들이 따로 있다고 생각하거든요.

사십 대가 된 지금은 무언가를 목숨 걸고 하지 않아요. 십 대에 저는 마음이 아주 커다랬어요. 누군가를 미친 듯이 좋아하기도 하고, 누군가를 몹시 미워하기도 했지요. '몹시'와 '매우', '엄청'이라는 부사가 십 대에는 늘 따라다녔어요. 이제는 뭐든 '적당히'예요.

그러니 지금 마음과 감정이 이리저리 널뛰기해서 힘들다면 너무 걱정하지 말아요. 언젠가 안정되는 시기가 오거든요. 대신 커다란 크기의 마음을 다 사용했으면 좋겠어요. 언젠가 그 마음이 작아지는 날이 오면 목숨을 걸고 무언가를 하고 싶어도 할 수가 없게 되니까요. 열정은 축적되지 않아요. 십 대에 쓰지 않는다고 그게 이십 대, 삼십 대에 남아 있지 않아요. 십 대에 쓰지 않은 건 사라져 버려요. 열정은 유효기간이 있거든요. 유효기간이 지나서 쓰지 못한 채 버리면 너무 아깝잖아요. 저는 속담 쓰는 걸 좋아하기도 하고, 속담이 참 잘 맞는다고 생각해요. 그중에서 '아끼다 똥 된다'는 속담이 잘 맞다고 느낄 때가 많아요. 비싼 음식이라 아껴 먹을 생각으로 냉장고에 잘 넣어두었는데, 꺼내보니 이미 유통기한이 지나 있으면 속이 상해요. 그런데 음식만 쓸모없어지는 게 아니에요. 열정도 그렇답니다.

그러니 여러분의 열정 유효기간이 다 지나기 전에 얼른 사용하세요!

자동차가 움직이려면

자동차가 움직이려면 무엇이 필요할까요? 연료? 바퀴? 운전자? 그보다 먼저 필요한 게 있어요. 바로 '목적지'예요. 갈 곳이 없다면 아무리 비싸고 좋은 자동차라도 계속 주차장에 서 있을 수밖에 없답니다.

저는 한동안 강연에서 아이들에게 종이를 나눠주며 바라는 것을 적어보라고 했어요. 많은 아이들이 처음에는 무엇을 적어야 할지 모르겠다고 해요. 그러면 저는 무엇이든 적으라고 합니다. 치킨 한 마리 혼자 다 먹어보기, 해리 포터 시리즈 다 읽기, 수영 배우기, 손흥민 선수 경기 직관하기, 프랑스 여행 가보기 등 이렇게 예시를 이야기하면 바라는 것을 하나씩 적기 시작해요. 나중에는 시간이 부족해 그만 적으라고 할 때도 있어요.

어른들이 시키는 것 말고 스스로 하고 싶은 것을 찾아보세요. 어른이 되어 가질 직업과 상관없어도 괜찮아요. 저는 방학이 되면 책이랑 영화 몇 편 이상 보기, 소설 한 편 완성하기 등의 계획을 세웠어요.(앗, 그러고 보니 저는 다 작가와 관련된 일을 했네요) 계획을 이룰 때도 있지만 이루지 못할 때도 있었어요. 하지만 결과는 크게 중요하지 않아요. 바라는 것을 해보는 과정이 더 의미 있으니까요.

그 덕분인지 지금도 계획 세우는 걸 좋아해요. 요즘 MBTI 이야기를 많이 하는데 MBTI는 나를 잘 설명하고 이해하는 도구이지 그것에 나를 결정하고 가두어서는 안 돼요. 어떤 사람이 "나 T인데 왜 눈물이 나지?"라고 말하는 걸 보니 이상하더라고요. 사람 성향을 딱 두 가지로 나누어 F 아니면 T, P 아니면 J라고 단정 짓고 있으니까요. 사람이 어디 그렇게 단순한가요? 항상 T이기만 한 사람이 어딨겠어요? J들만 계획을 세우는 건 아니에요. 나는 P니까 계획 못 세워, 라고 해버리면 자신의 삶을 작은 상자 안에 넣어두고 옴짝달싹 못하게 만드는 것과 다름없어요.

소소하게 계획을 세워보는 거예요. 평소보다 30분이나 1시간 일찍 일어나 그 시간 동안 스트레칭을 하거나 하루 계획을 세우는 루틴을 만들어봐요. 일주일에 3번 30분 이상 운동하기, 일주일에 책 2권 이상 읽기, 밤마다 10분씩 일기 쓰기 등을 한 달 이상 하면 그게 저절로 습관이 되어 나를 움직이게 만들 거예요. 하지만 바라는 게 아무것도 없다면 가만히 있을 수밖에 없어요.

저는 학창 시절 작가가 되고 싶다는 목적이 있어서 글을 쓰고 공모전에 냈어요. 그 당시 썼던 수백 장의 글은 세상에 나오지 못했지만 저는 그 시간이 소중해요.

작가가 된 이후에도 '새로운 책 출간하기'가 목표라 계속 계획을 세워 움직였어요. 상을 받으면 출판사에서 연락이 쏟아지는 줄 알았는데 그렇지는 않았어요. 아는 출판사가 없어 어떻게 원고를 보낼 수 있을까 고민하다가 보니 출판사 홈페이지마다 '투고'를 받는 곳이 있더라고요. 그래서 새 원고를 쓸 때마다 투고란을 찾아 원고를 보냈고 그렇게 한 권, 두 권 책을 낼 수 있었답니다. 가만히 청탁이 오기만을 기다렸다면 저는 이제까지 출간한 책의 절반, 아니 3분의 1도 내지 못했을 거예요.

　네이버 포털 사이트를 열면 '쇼핑' 카테고리에 라이브 쇼핑 채널이 있어요. 그중에 재밌는 라이브 쇼핑이 있었어요. 방송인 정경미 님이 방문판매원 콘셉트로 물건을 파는 거였죠. 저는 그걸 보면서 정경미 님이 운이 좋다고 여겼어요. 이런 기발한 프로그램의 호스트로 발탁되었으니까요. 그런데 「송은이 김숙의 비밀보장」 팟캐스트를 듣다가 알게 되었어요. 정경미 님이 캐스팅이 된 게 아니라 본인이 직접 기획안을 써서 네이버에 제안했다는 것을요. 그러면서 정경미 님이 말씀하셨어요.

　"안 움직이면 아무 일도 안 일어나더라고요."

　알고 보면 그런 일들이 꽤 많더라고요. 누가 발탁해 주기보다 스스로 직접 그 자리와 기회를 만드는 경우가 말이죠. '누가 시키면 해야지', '하라고 하는 일만 하면 될 거야'라고 생각하지 말고 스스로 바라는 것을 생각해 보세요. 어떻게 하면 그 일을 이룰 수 있을까 자연스레 궁리하게 될 거예요. 그렇게 이런저런 방식으로 하나씩 해보는 거예요.

　자, 우리는 삶이라는 자동차에 올라탔어요. 이제 목적지를 정하고 운행을 시작할 거예요. 빨리 갈 수 있는 사람은 빠르게 가면 되고, 천천히 가고 싶으면 천천히 가도 돼요. 때로는 잠시 쉬었다 가도 됩니다. 가다가 다른 곳으로 가고 싶으면 목적지를 변경해도 돼요. 내가 하고 싶은 대로 얼마든지 해도 상관없어요. 나라는 자동차는 내가 직접 운전할 수 있으니까요. 그게 바로 자동차 주인의 특권이죠. 보호자나 친구에게 대신 운전해 달라고 하지 마세요. 그들의 차에 얻어 타고 갈 생각도 마찬가지로 하지 말고요. 그러다 보면 내가 가고 싶지 않은 곳에 억지로 가야 할 수도 있거든요. 나는 내가 가고 싶은 곳에 가야죠. 그럼 안전 운전 하시길 바라요.

우선 하자

텔레비전의 상담 프로그램을 보다가 예상하지 못한 진단에 놀란 적이 있어요. 아무것도 하지 않는 신청자는 자신이 게으른 것 같다며 어떻게 고칠 수 있을까 물었어요. 그런데 상담자는 신청자의 '완벽주의 성향'이 문제가 된다고 하는 거예요. 잘 해낼 수 없을 것 같다는 생각이 들면 아예 행동하지 않는다는 거죠. 목표가 높은데 그걸 이루기 어려울 것 같으면 하지 않는 게 낫다고 여겨서 하지 않는 거예요. 듣다 보니 이해가 가더라고요.

목표를 세우는 건 필요해요. 하지만 목표의 결과에 너무

집착하지 않았으면 좋겠어요. 하고 싶은 게 있다? 그러면 그냥 하면 돼요. 며칠 전에 강연을 갔는데 한 학생이 제게 묻더라고요. 하고 싶은 게 있는데 확신이 없다며, 어떻게 하면 확신을 가질 수 있느냐고요. 저는 웃으면서 대답했어요.

"일단 해봐요. 확신 갖고 시작하길 기다리다가는 아무것도 못 해요."

무언가를 시작하기 전에 이게 잘될지 안될지는 아무도 몰라요. 아마 태어나기 전에 확신 있는 자만 태어나라, 하면 세상 인구가 99퍼센트 이상 줄었을 거예요.

저는 결혼을 일찍 한 편이에요. 스물일곱 살에 했거든요. 친구들 중에서 가장 먼저 결혼을 했다 보니 질문을 많이 받았어요. 이 사람이다, 하는 확신이 있었냐고요. 저는 "아니다 싶으면 이혼하면 되는데, 뭘" 하고 대답했어요. 농담같이 들리지만 그건 진심이었어요. 한 번 결혼하면 죽을 때까지 사는 조선시대도 아닌걸요. 우선 지금 이 사람이 괜찮고, 앞으로도 대체적으로 괜찮을 것 같아 해보는 거죠. 제 예상이 틀릴 수도 있어요. 그러면 무르면 되죠. 제가 결코 결혼을 가볍게 생각한 건 아니랍니다. 이 사람이랑 잘 살 수 있을까 아닐까를 계속 따졌으면 지금까지 결혼하지 못했을 것 같아요.

그러니 잘될지 안될지부터 걱정하지 말고 우선 자신에게 물어보세요.

'내가 정말 하고 싶은가?'

하고 싶으면 하는 거예요. 하다 보면 깨달을 수 있는 게 있어요. 계속하고 싶은지 아닌지, 계속하면 될지 잘 안될지 감이 올 거예요. 다 했는데 결과물이 만족스럽지 않을 수도 있어요. 그러면 어때요? 다른 거 하면 되죠. 잘되지 못할 것이 두려워 아예 하지 않는다면 아무 일도 시작할 수가 없어요.

글을 쓰면서 언제 가장 행복하냐는 질문을 받은 적이 있어요. 그래서 그 질문에 대해 곰곰이 생각해 봤죠. 책이 출간될 때? 인세가 들어올 때? 책이 많이 팔릴 때? 아뇨.

저는 하루에 세 시간씩 글을 써요. 아이를 학교에 보내고 카페나 도서관에 가서 글을 쓴 후 집으로 돌아오는데, 하루 작업을 끝내고 가방을 멘 채 졸래졸래 걸어오는 순간이 가장 행복해요. (우아, 그렇게 생각하니 1년 중 반 이상이 행복한 날이네요!) 어쩌면 제가 쓰는 글은 쓰다가 도중에 멈출 수도 있고, 완성하더라도 세상에 나오지 못할 수도 있어요. 그래도 상관없어요. 오늘 해야 할 일을 다 했다는 게 중요하니까요. 마찬가지로 저는 원고를 완성할 때보다 처음 시작한 날이 더 뿌

듯해요. 시작이 반이니 이미 반이나 했네?라며 스스로에게 잘했다고 격려해요. 이 원고를 과연 재밌게 잘 쓸 수 있을지부터 걱정하면 시작조차 할 수 없어요. 결과를 생각하지 말고 우선 해보는 거예요.

오늘 하루, 또 하루가 모이면 일주일이 되고, 일주일이 모이면 한 달이 돼요. 그렇게 조금씩 하다 보면 나중에는 무언가 이루어져 있을 거예요. 결과물이 마음에 들지 않아도, 그 과정에서 얻은 경험은 남을 거예요. 꾸준히 하는 힘을 기르세요. 무언가를 꾸준히 하는 것도 중요해요. 저는 '성실도 재능이다'라는 말을 좋아해요. 꾸준함은 이길 수 없어요.

잘할 수 있을지 없을지 걱정은 그만하고, 우선 시작부터 해보세요.

롸잇 나우!

나의 사랑스러운 실패들에게

책날개에 나오는 작가 소개는 보통 작가들이 직접 써요. 사실 자기소개를 스스로 하는 일은 조금 멋쩍어요. 첫 책을 낼 때는 경력이 많지 않아 출생 연도와 출신 대학, 당선된 공모전을 적었어요. 다음부터는 거기에 출간한 책 제목을 하나씩 추가했지요.

그런데 어느 날 문득 이 글이 나를 가장 잘 소개하는 게 맞을까 싶더라고요. 그래서 3년 전 작가 소개글을 새롭게 바꿔보았어요. '책, 드라마, 영화를 좋아하는 어린 시절을 보냈고, 십 대 시절부터 공모전에 도전해 100여 번 떨어진 후 작가가 되었다'라는 문구를 꼭 넣는 걸로요.

한번은 친한 언니가 제 소개글을 보더니 묻더라고요. "혜정아, 100번 떨어진 게 무슨 자랑이라고 이렇게 적어?" 저는 당당하게 대답했어요. "언니, 그거 내 스펙이잖아." 공모전에 100번 떨어진 건 나에게 가장 자랑스럽고 소중한 경력이에요. 그만큼 많이 써봤다는 뜻이니까요. 그리고 그만큼 간절히 작가라는 꿈을 원했다는 거예요.

저는 열다섯 살부터 공모전에 도전해 10년간 무수히 떨어진 후 작가가 되었어요. 작가로 당선만 되고 나면 이후에 쓴 글은 당연히 책으로 다 나오게 되는 줄 알았어요. 하지만 아니었어요. 그 후로도 실패는 계속 이어졌어요.

등단한 지 몇 년 되지 않았을 때, '시간을 사고팔 수 있는 유전자가 있다면 어떨까?' 하는 소재가 떠올랐어요. 그때까지 저는 SF를 많이 읽어보지도 않았고, 리얼리즘의 이야기만 써와서 SF를 잘 몰랐어요. 하지만 이 이야기는 SF로만 접근할 수 있었어요. 그래서 SF 이론 책부터 시작해 SF 소설, 영화, 드라마 등 많은 작품을 찾아봤어요.

그렇게 2년간 공부한 끝에 『타임 시프트』라는 청소년 소설을 써냈고, 출판사에 투고까지 했어요. 하지만 여러 출판사에서 이 원고를 반려했어요. A 출판사는 친한 지인이 편집자로 있는 곳이었는데 그곳에서도 거절을 당했어요. 그런데 사석에서 원고를 거절한 지인은 제게 그런 말을 하더라고요.

"혜정아. 그래도 그거 다 네 거야."

당시에는 지인의 그 말이 야속하기만 했어요. 거절하면서 그런 위로가 다 무슨 소용인가 싶었지요. 그런데 지나고 보니 지인의 말이 맞았어요. 책의 출간 여부를 떠나서 처음 SF소설을 쓰면서 배우고 깨친 게 아주 많았거든요. 그뿐 아니라 퇴고를 하며 주인공도 바꾸고 상황도 바꿔 보며 창작 연습을 계속했어요. 저는 그 원고를 포기하지 않았고 고치고 또 고쳤어요.

게랄트 휘터는 『존엄하게 산다는 것』에서 인생의 전환점이 되어주는 것으로 '실패'를 이야기합니다. 사람은 실패했을 때 다른 방법을 찾고 시도하게 되니까요. 결국 그 원고는 『시간 유전자』라는 동화로 개작해서 세상에 나오게 되었어요. 저는 그 책을 쓰면서 실패했던 경험이 너무나 고맙고 소중해요. 나는 절대 쓸 수 없을 거라고 생각했던 판타지 장르인 『헌터걸』 시리즈와 『오백 년째 열다섯』 시리즈를 쓰고,

『오지랖 도깨비 오지랑』이라는 저학년 동화 시리즈를 쓸 수 있었던 건 『시간 유전자』 실패의 과정과 경험 덕분이에요. 지금도 새로운 장르의 글에 도전할 때면 그때의 경험을 잊지 않고 떠올린답니다.

결과물보다 더 중요한 건 과정이에요. 우리의 삶도 마찬가지죠. 무엇을 해냈고 얻었는지보다 중요한 건 거기까지 가기 위해 들였던 노력과 경험이 아닐까요? 우리는 결과물을 위해 살아가지 않아요. 그 결과물을 얻기 위한 과정이 우리의 삶을 채운답니다.

무엇보다 제가 실패하기를 주저하지 않고 오히려 그것에 고마움을 느끼는 건, 사실 실패의 다른 말은 '시도'이기 때문이에요.

저는 중고등학교에 강연을 가서 우스갯소리로 말해요. 절대로 실패하지 않는 방법을 알려주겠다고. 그러면 많은 학생들이 눈을 반짝이며 관심을 보여요. "그건 바로 도전하지 않는 거예요"라고 알려주면 학생들이 허탈해하죠. 하지만 이건 정답이에요. 절대로 죽지 않는 법은 딱 하나일 거예요. 태어나지 않는 것밖에 방법이 없어요. 연인과 헤어지기 싫으면? 누구도 사귀지 않으면 돼요. 마찬가지로 도전하지 않으면 절대 실패할 일도 없어요.

실패도 무언가 시도해야 할 수 있는 거예요. 실패도 아무나 하는 게 아니랍니다. 성공의 반대말은 실패가 아니에요. 아무것도 하지 않은 거죠. 다시 시도할 기회는 얼마든지 있답니다. 그 기회는 젊음의 특권이자 의무예요.

허영만 만화가의 『허영만의 만화일기 1』에 그런 구절이 나와요.

"내 나이 66세다. 젊은 작가들은 한순간 실패해도 재기할 시간이 있지만 나는 그럴 시간이 없어서 실패하면 안 된다."

이게 무슨 뜻일까요? 젊은이들은 얼마든지 실패해도 된다는 뜻 아닐까요? 우리나라 최고의 만화가로 손꼽히는 허영만 선생님도 젊은 시절 많은 도전과 실패를 했기에 지금의 자리에 계실 거예요.

저도 작년에 또 실패를 했어요. 호기롭게 탐정소설을 쓰기 시작했는데 완성조차 못 하고 도중에 막혀서 멈춘 상태예요. 최근에 그 원고를 꺼내서 찬찬히 읽기 시작했어요. 도대체 어디가 문제였을까? 이걸 완성하려면 나는 어떤 공부를 더 해야 할까? 언젠가 그 탐정소설을 다시 쓸 거예요. 완성하지 못하더라도, 완성했는데 출판사에서 거절을 당하더라도 괜찮아요. 이 과정들이 내 삶을 또 채울 테니까요.

어떻게든 된다

살면서 나에게 힘이 되어주는 게 무엇인지 곰곰이 생각해
봤어요. 가족과 친구도 힘이 되지만 제가 더 의지하는 건 '말'
인 거 같아요.

학생 때부터 다이어리에 이런저런 문구를 적어두었던 기
억이 나요. 주로 유명한 사람이 남긴 명언이었어요. 지금도
그런지 모르겠는데, 문제집 안에 하나의 장이 끝날 때마다
한 줄짜리 명언이나 짧은 우화가 실려 있는 코너가 있었어
요. 그 시절 풀던 문제들은 하나도 기억나지 않는데, 그때 봤
던 명언들은 또렷하게 기억나요.

가령 '바쁜 꿀벌은 슬퍼할 시간조차 없다', '친구의 결점을 이야기하지 마라. 친구는 결점을 고치겠지만 너는 친구를 잃어버릴 것이다' 같은 문장이었어요. 저에게는 어떠한 긴 이야기보다 이 한 줄짜리 문장이 더 강렬하게 다가왔어요. 그러니까 저 역시 지금까지 기억하고 있고, 수십, 수백 년 전 누군가 한 말임에도 지금까지 내려오겠죠?

그 당시 어른들이 제게 해주는 이야기는 뻔했어요. 열심히 공부 하라거나, 또 공부 하라거나, 공부 하라는. 학생은 공부를 잘해야지, 어른 말 잘 들어라, 시키는 대로 해라, 생각해 보면 공부 관련이 아닌 이야기를 들어본 적이 없네요. 어쩌면 그렇게 하나같이 개성 없고 따분했는지 몰라요. 어른이 된 지금 어른들이 왜 그렇게 말했는지 짐작은 가요. 그들 역시 어린 시절 그런 이야기밖에 듣지 못했을 테니까요.

저는 평소에 듣는 어른들의 잔소리보다 짧은 명언에 더 의지했어요. 머릿속이 복잡하고 불안할 때는 다이어리에 큰 글씨로 '하면 된다!'라고 적기도 했고요. 한 줄의 문장은 마치 나를 지켜줄 부적 같았어요. 솔로몬이 이야기한 '이 또한 지나가리라'는 학생 때부터 지금까지 가장 좋아하는 한 마디이기도 해요.

작가가 된 지 16년이 훌쩍 지났고, 지금까지 수십 편의 이야기를 만들었지만 새로운 작품을 쓸 때마다 여전히 두려워요. 과연 이야기를 끝까지 힘 있게 잘 쓸 수 있을지, 나 혼자만 재밌는 이야기를 쓰는 건 아닌지, 출간하고 독자의 혹평을 들으면 어떡하지, 별별 생각이 다 들어요. 그때마다 마음속으로 떠올린 문장을 다이어리에 또박또박 적어요.

'모든 초고는 다 걸레다.'

이건 바로 어니스트 헤밍웨이가 한 말이에요. 헤밍웨이 작품을 아주 좋아하진 않지만, 헤밍웨이의 이 말이 없었다면 저는 글을 쓰지 못했을 거예요. 지금 이렇게 쓰는 게 맞는 건지, 제대로 하고 있는지 걱정스러울 때마다 '대문호 헤밍웨이가 그랬잖아. 모든 초고는 다 걸레라고. 그러니 우선 써 봐' 하며 스스로를 다독이죠. 그렇게 한 편의 글을 완성하고, 그 한 편 한 편이 모여 수십 편이 넘는 작품을 쓸 수 있었어요. 지금 이 에세이를 쓰면서도 다이어리 옆에 적어두었어요. '우선 초고를 쓴 후 나중에 잘 고치면 된다, 그러니 걱정 말고 쓰기나 하자!'라고.

지금도 책이나 영화에서 좋은 문장을 발견하면 다이어리에 적어두거나 포스트잇에 써서 벽에 붙여둬요. 어제는 책을 읽다가 '느긋하게 서둘러라'는 문장을 읽었는데(작가 가이코 다케시의 문장입니다) 좋아서 다이어리에 적어두었답니다.

최근에는 저만의 '문장'을 만들기도 해요. 요즘 저를 살아가게 만드는 문장은 '어떻게든 된다!'예요. 보통 사람들이 일을 하면서 '어떻게든 되겠지'라고 하는데, 저는 이 말을 좋아하지 않아요. 그 말 앞에 '몰라, 몰라'라는 말이 붙을 것 같고, 꼭 체념하는 것 같거든요. 대신 '어떻게든 된다!'는 내가 하면 어떻게든 될 거라는 희망이 담겨 있어요.

시도해도 결과가 좋지 않을까 봐 걱정되나요? 그럼 '우선 시작부터 하고 보자!'라고 다이어리에 적은 후 읽어보세요. 그리고 '잘되지 않을까 봐 걱정돼? 괜찮아, 어떻게든 돼' 이렇게 나를 지켜줄 말들을 찾아보세요. 스스로 만들어보는 것도 좋아요. 마음속으로만 떠올리지 말고 다이어리나 노트에 한번씩 적어보는 것을 추천해요. 직접 글로 쓰는 순간, 그 말은 나에게 다시 한번 새겨지고 삶의 이정표가 되어주기도 하거든요.

그러니 '펼쳐라, 써라, 살아가라!'

내 기준은 내가 만든다

세상에는 참 많은 기준이 있어요. 무언가를 할 줄 아는 사람과 못 하는 사람. 할 줄 알면 또 잘하는 정도로 나뉘이요. 잘한다는 건 결국 비교를 통해 정해지죠. 같은 것을 동시에 할 때 누가 누가 더 잘하나를 따지게 되니까요. 잘하는 사람끼리만 모여 있으면 어떨까요? 분명 그중에도 잘하는 사람, 못하는 사람이 구분돼요.

제가 쓴 소설 『오백 년째 열다섯』에는 오백 년을 살았지만 신체적 나이가 들지 않는 세 모녀가 나와요. 15살의 손녀, 35살의 엄마, 55살의 할머니가 오백 년째 같은 나이로 살고 있죠. 이 작품에서 제가 특히 좋아하는 캐릭터는 할머니예요.(요즘 시대에 55살은 할머니가 아니에요. 하지만 조선시대부터 시작해서 55살임에도 할머니가 된 거랍니다) 할머니는 유년, 청년, 중년, 노년의 삶을 다 살아봤기에 인생의 지혜를 알고 있어요. 그래서 저는 할머니의 입을 통해 제가 하고 싶은 말을 꽤 했답니다. 처음으로 고등학생 생활을 시작하여 시험을 망친 가을이가 속상해하자 할머니가 말해요.

"가을아, 남들이랑 비교하지 마. 인생은 상대평가가 아니라 절대평가라고. 남들이랑 비교하는 기준 말고 내 기준에만 맞으면 되는 거야. 네가 열심히 했지? 그럼 된 거야."

인생을 남과 비교하는 상대평가 기준으로 삼으면 힘들어져요. 계속 상대와 겨뤄야 하니까요. 하지만 기준을 절대평가로 삼으면 나 자신이 컨트롤하는 인생을 살 수 있어요. 기억하세요. 인생은 상대평가가 아니라 절대평가랍니다.

다른 사람은 잘해도 나는 못할 수 있어요. 그러면 좀 어때요? 남들이 잘한다고 나까지 잘할 필요도, 남들이 가졌다고 나까지 가질 필요는 없는걸요. 내가 원하는 기준에만 맞춰도 스스로에게 잘했다고 말해주세요. 다른 사람이 만든 기준에 맞추지 못한다고 전전긍긍할 이유가 없으니까요. '부자와 당나귀' 이야기 아시죠?

아버지와 아들이 당나귀를 끌고 길을 걸어가고 있었어요. 지나가는 사람이 당나귀를 왜 타고 가지 않느냐고 한마디하죠. 그 말을 들은 아버지가 당나귀를 타요. 이번에는 다른 사람이 그 모습을 보더니 "에휴. 어린 아들이 힘들게 걸어가고 있네"라고 말해요. 그 말에 아버지가 당나귀에서 내리고 아들을 태워요. 그런데 또 다른 사람이 "튼튼한 두 다리를 가진 아들이 건방지게 혼자 타고 가다니"라고 하자, 아버지와 아들이 동시에 당나귀를 탑니다. 그러자 또 다른 이가 나타나 당나귀가 불쌍하다며 참견해요. 아버지와 아들은 긴 막대기에 당나귀의 네 다리를 묶어서 당나귀를 들고 가요. 그렇게 다리를 건너던 부자가 중심을 잃고 넘어져, 당나귀는 풍덩 개울에 빠지고 말죠. 자기 중심 없이 세상의 이런저런 기준만 신경 쓰다 보면 당나귀를 잃은 부자가 될 거예요.

저라고 다른 기준에 휩쓸리지 않는 건 아니에요. 저도 모르게 다른 사람과 저를 비교할 때가 있어요. 그럴 때마다 제가 외우는 주문이 있어요.

'그는 그고, 나는 나다.'

다른 사람의 기준에 흔들리다 보면 중심을 잃고 흔들릴

044

수밖에 없어요. 그러니 두 다리에 힘을 꽉 주세요. 뿌리가 튼튼하면 아무리 바람이 세도 웬만하면 나무가 뿌리째 뽑히지는 않잖아요. 다른 사람 말을 아예 듣지 말라는 게 아니라 참고만 하고 스스로에게 물어보세요.

내가 원하는 것이 무엇인지, 어느 정도 하면 만족할 것인지 말이에요. 내 기준은 나를 위한 거예요. 내가 편해지려고, 내가 나아지려고 세우는 거죠. 나를 못난 사람, 부족한 사람으로 만들기 위한 게 절대 아니에요.

내 기준은 내가 세웁시다.

2부

내 마음을
알아가는 중이야

나루가 레인 끝에 섰다. 앞으로 몇 번이고 왕복해야 할 길이 보였다.
어떤 날은 쏜살같이 지나가고 어떤 날은 영 지루할 것이다.
그래도 괜찮다.
지금 나루가 하고 싶고 이루고 싶은 것들은 전부 물속에 있었다.

은소홀,『5번 레인』, 문학동네

우려보다는 격려를

　작가가 되어 좋은 건 다른 작가님들의 사인이 담긴 작품을 받아볼 수 있다는 거예요. 출판사에서 새 책이 나오면 제게 종종 보내주시거든요. 얼마 전에도 한 작가님의 사인본이 집으로 왔어요.

　"선생님. 선생님의 작품을 열심히 읽고 있습니다. 계속 선생님을 위해 기도드리겠습니다. 재밌게 읽어주세요."

　보통 재밌게 읽어달라는 말이나 안부 인사 정도를 적는데 기도라니? 그런데 저는 1초 만에 그 작가님과 만났던 일이 떠올랐어요. 그 작가님은 제가 심사를 맡은 공모전에 당선되어 첫 책을 내셨어요. 시상식 날 뵈었는데 작가님은 심사위원인 저에게 작은 선물을 보내고 싶다며 주소를 알려줄 수 있는지 조심스럽게 물어보시더라고요. 작가님이 잘 쓰셔서 당선이 된 건데 선물이라니요.

그래서 저는 그때 "저를 위해 기도해 주세요. 저는 그게 더 좋아요"라고 말씀을 드렸어요. 1년이 훌쩍 지나 그 작가님의 두 번째 책이 나왔는데, 작가님은 제 말을 여전히 기억하고 계셨나 봐요. 제 말씀을 기억해 주는, 나를 위해 기도하고 있을 누군가를 떠올리자 마음이 따뜻해졌어요. 다정하고 단단한 격려를 받는 기분이 들어 너무 고마웠어요.(저도 작가님을 위해 기도하겠습니다!)

한번은 이런 일도 있었어요. 시외버스를 타고 가는네 집자기 옆 차가 앞으로 끼어드는 거예요. 기사님은 사고가 날까 봐 브레이크를 밟고 급정거를 했어요. 안전벨트를 매고 있었지만 몸이 앞으로 크게 흔들릴 정도였죠. 기사님은 죄송하다며 승객들에게 연신 사과를 하시는 거예요. 기사님이 잘못하신 건 전혀 없는데 말이에요. 전에 비슷한 일로 민원을 받으신 적이 있나? 싶을 정도로 기사님은 사과를 하시며 자책하시더라고요. 버스는 목적지에 무사히 도착했고 처음 내리는 승객분이 "기사님 덕분에 사고 안 났어요. 감사해요"라고 말씀하시는 거예요. 저도 뒤따라 내리며 감사하다고 한마디 보탰어요. 승객들의 말로 인해서 기사님의 남은 하루가 달라졌을 거라고 생각해요.

저는 칭찬이나 격려를 받을 때 더 잘하고 싶은 마음이 들어요. 장점을 이야기해 주는 사람과 단점을 이야기해 주는 사람이 있을 때, 장점을 이야기해 주는 사람이 더 좋아요. 여러분도 그렇지 않아요? 신경 쓰이는 건 단점을 들었을 때지만, 도움이 되는 건 장점이죠. 만약 제 글이 초창기보다 나아졌다면 그건 저를 격려해 주는 독자님들의 응원 덕분일 거예요. 재미없다, 별로다, 라는 평은 도움이 되지 않았어요. 저를 키운 건 격려였어요. 그런데 아쉽게도 격려해 주는 사람보다 우려하는 사람이 더 많은 것 같아요.

'너는 왜 이것밖에 못하니', '잘 좀 해라', '이것만 고치면 좋을 텐데'

그렇다고 다른 사람에게 격려해 달라고 조를 순 없어요. 그렇다면 스스로를 격려해 주면 돼요. 자신을 걱정하기보다 격려하는 거예요. 이미 세상에는 나를 위해 걱정하는 사람이 너무 많아요. 걱정을 빙자해 혼을 내거나 기를 죽이기도 하죠. 그러니 굳이 나까지 보탤 필요 없어요.

스스로 격려하고 다독이는 연습을 하세요. 격려에도 연습이 필요해요. 십 대는 자신을 만들어가는 시기예요. 사람은 점토처럼 말랑말랑한 상태로 태어나는데, 점토가 계속 말랑거리지 않는 것처럼 성격, 태도, 습관도 마찬가지예요. 마음과 태도는 보통 이십 대 중반까지 형성된다고 해요. 지금 여러분은 자신을 대하는 태도를 만들고 있는 중이에요.

자신이 못하는 것, 부족한 것만 생각하고 신경 쓰면 나중에도 그럴 확률이 높아요. 어른이 되어서도, 자신이 부족한 것만 신경 쓰고 싶나요? 아마 그러고 싶은 사람은 없을 거예요. 그러니 잘하지 못할까 봐 걱정하기보다는 '다음에 잘하면 되지!' 하고 힘을 내보세요.

저는 '칭찬은 셀프'라고 생각합니다. 그래서 스스로 내 머리를 쓰다듬으며 "잘했어, 혜정아"라고 소리 내어 말하고, 다이어리에도 저 자신에게 "잘했다!"라고 써요. 제겐 스스로 칭찬 도장을 남발하는 면모가 좀 있는 것 같네요. 그러면 좀 어떤가요? 내가 나를 격려한다는데. 돈이 드는 것도 아니고, 큰 힘이 드는 것도 아니잖아요.

익숙하지 않아도 연습하세요. 소리 내어 따라 해보세요.

"오늘의 나야, 잘했어. 잘하고 있어."

"오늘도 수고 많았어."

"나는 더 잘할 수 있어."

"나는 나를 믿어. 나는 잘할 거야."

내가 작가가 될 거라 믿어준
단 한 사람

학창 시절부터 작가가 꿈이었다고 하면 나들 세가 어릴 때부터 글을 잘 썼을 거라고 생각하더라고요. 그런데 저는 글쓰기를 잘하는 아이가 절대 아니었거든요. '절대'라고까지 붙인 이유가 있어요.

초등학교 때, 글쓰기를 잘하는 아이들은 모두 하나같이 글짓기 대회에 나가 상을 받아 왔어요. 저도 만화책과 책을 좋아하다 보니 자연스레 글을 쓰고 싶은 마음이 있었죠. 하지만 담임 선생님께서 대회에 내보내 주지 않는 거예요. 글짓기 대회에 참가하는 아이들은 항상 정해져 있었거든요.

초등학교 5학년, 저는 사춘기를 겪기 전이라 지금과 성격이 많이 달랐어요. 부끄러움이 많아 혼자 문방구나 슈퍼마켓도 가지 못했답니다.(제가 이 이야기를 사춘기 이후 만난 친구들에게 하면 다들 "네가?", "거짓말!" 하고 믿지 않아요. 하지만 사실이에요) 학교에서 발표 시간이 되면 머릿속이 하얗게 변해버릴 정도였지요.

그런 제가 선생님께 직접 글짓기 대회에 나가고 싶다고 말을 할 수 있었겠어요? 하지만 글짓기 대회는 너무 나가고 싶어 말을 전할 방법을 찾았죠. 간절하면 어떻게든 방법을 찾는다고, 저는 일기장에 제 마음을 표현했어요.

'친구 A는 글짓기 대회에 나가서 좋겠다. 나도 글짓기 대회 나가고 싶은데.'

'나도 글짓기 대회에 나가면 상 받을 자신 있는데.'

아마 이런 식으로 자주 쓴 것 같아요. 담임 선생님은 제 일기를 보시고도 '검사 완료' 도장만 찍어 주셨어요. 도저히 안 되겠다 싶어 직접 선생님을 찾아갔죠. 그러고는 우물쭈물 말씀을 드렸어요.

"선생님, 저도 글짓기 대회에 나가면 안 될까요?"

목마른 사람이 우물을 파야지 어쩌겠어요. 그러자 선생님께서 저를 보시고 씨익 미소를 지으며 말씀하셨어요.

"혜정아, 어쩌니? 그 대회는 상 받을 아이들이 나가는 거잖아."

이 말을 하면 아이들은 "담임 선생님 너무해요!" 하고 소리를 치는데, 저는 선생님이 너무하다고 생각하지 않아요. 수학 경시대회에는 수학을 잘하는 아이들이 나가잖아요. 그거랑 비슷한 거 같아요. 저는 선생님 기준에서 글을 잘 쓰는 아이는 아니었으니 어쩔 수 없었어요.

선생님의 추천을 받지 않으면 대회에 나갈 수 없었고, 결국 글짓기 대회에 나가지 못했어요. 대신 혼자 글을 쓰기 시작했어요. 동화와 소설을 써서 직접 출판사에 투고했답니다. 중학교 2학년 때, 출판사에 직접 투고한『가출일기』라는 소설이 책으로 나왔어요. 중학생이 책을 출간하는 건 흔한 일이 아니에요. 이 책은 아직도 절판되지 않고 판매되고 있답니다. 하지만 두 번째 책을 내는 데에 오랜 시간이 걸렸어요. 작가로 상을 받아 등단하기까지 10년이 걸렸거든요.

공모전에서 계속 떨어지다 보니 주변 사람들은 제가 작가가 되지 못할 거라 여겼어요. 부모님도, 친구들도, 선배들도 그 정도 공모전에서 떨어지면(백 번을 떨어졌으니까요) 너의 길이 아니지 않을까 직접적으로 말하기도 하고, 돌려서 말하기도 했죠. 글짓기 대회조차 못 나간 내가 과연 작가가 될 수 있을까? 그때는 그들의 말이 틀리지 않다고 생각하기도 했어요.

그런 제가 작가가 되었어요.(제가 작가가 될 수 있었던 이유는 뒤에 조금 더 자세하게 이야기할게요) 작가 생활을 하고 있는 와중에 문득 저 자신이 참 대단하다는 생각이 드는 거예요. 다들 그렇게 반대하고 못 할 거라고 했는데 어떻게 계속 할 수 있었는지요.

그건 바로 제가 작가가 될 거라고 믿어준 단 한 사람이 있었기 때문이에요. 그 사람이 누구였을까요?

다름 아닌 '나 자신'이었답니다. 저에게 작가가 되는 건 힘들다고, 공모전에서 그렇게 많이 떨어졌으면 이제는 안 되는 거라고, 작가라는 꿈을 쫓다가 결국 이도 저도 안 된 사람들이 많다는 우려 속에서도 저 자신만큼은 저를 믿었어요. 만약 제가 스스로를 믿어주지 않았다면 저는 다른 사람들의 말을 믿고 작가라는 꿈을 접었겠지요. 반대로 주변에서 아무리 할 수 있다고 말해도 스스로가 믿지 못하면 나는 그걸 할 수 없어요.

무언가를 하려고 할 때, 주변에서 말리는 경우가 있을지도 몰라요. "네가 무슨", "그런 건 아무나 하는 게 아니야" 그럴 때 "아, 그렇구나" 하고 포기하지 마세요. 내가 하고 싶다면, 내가 할 수 있다고 느끼면 하는 거예요. 다른 사람의 응원을 받지 못해도 괜찮아요. 나만큼은 나를 믿어주는 거예요. 다른 사람의 말이 뭐가 중요한가요? 스스로 해보고 싶을 만큼 해보고 그만두는 것도 내가 판단해서 하세요. 그래야 미련이 없을 거예요.

나 자신에게 할 수 있다고 응원해요. 나 자신 한 명의 격려가 백만 명의 격려보다 더 큰 힘이 된답니다.

내가 나를 좋아하는 것 = 안전벨트

지금까지 에세이를 총 세 권 냈어요. 초, 중, 고등학교 강연을 가면서 했던 말을 모으다 보니 이렇게 네 번째 에세이까지 내게 되었네요. 세 번째 에세이 제목은 『다행히 괜찮은 어른이 되었습니다』예요. 그 책이 나오고 제목을 본 사람들이 묻기 시작했어요. 왜 괜찮은 어른이냐고요.

"저는 스스로를 좋아하거든요."

이렇게 대답을 하면 듣는 연령마다 반응이 달라요. 초등학생들은 눈을 동그랗게 뜨고 제게 따지듯이 물어요. "작가님, 자기를 좋아하지 않는 사람이 어딨어요?" 하고 말이죠.

어린이들은 대부분 자기 자신을 좋아해요. 하지만 사춘기가 시작된 초등학교 고학년부터는 "그렇지" 하면서 고개를 끄덕여요. 참 안타깝지 뭐예요.

내가 나를 좋아하는 건 너무 당연한 거예요. 기본이 되는 일이죠. 그런데 많은 사람들이 그 당연한 걸 하지 못한 채 살아가고 있어요. 자신을 좋아하는 일은 안전벨트를 매는 일과 비슷해요.

강연을 하러 가기 위해 고속버스나 시외버스를 타는 일이 종종 있어요. 출발시간보다 이른 시간에 타게 되면 안전벨트를 차지 않은 채 앉아 있는 일이 많아요. 이따가 출발할 때 매야지, 하면서요. 그런데 버스가 출발할 때까지 깜박할 때가 있지 뭐예요. 다행히 버스 기사님께서 운행을 시작하거나 고속도로 진입 때 방송으로 알려주세요.

"우리 버스는 고속도로에 진입합니다. 아직 안전벨트를 매지 않은 승객님이 계시면 안전벨트를 꼭 착용해 주세요."

저도 잊고 있다가 방송을 들으면 서둘러 안전벨트를 매요. 주변에서도 '철컥' 하고 안전벨트 버클이 채워지는 소리가 들려요.

안전벨트를 매는 건 당연한 건데 잊으면 큰일이잖아요.

안전벨트는 왜 매야 하느냐고 묻지 않는 것처럼 나를 좋아해야 하는 이유를 묻지 마세요. 그냥 당연한 거예요. 하지만 내가 나를 좋아하는 건 당연한 건데 잊는 이들이 많아요.

세상은, 사람들은 나에게 친절하지만은 않아요. 이제 조금씩 느끼고 있죠? 앞으로는 그걸 느끼는 일들이 더 많이 생겨요. 그렇기 때문에 나만큼은 온전히 내 편이 되어주어야 해요. 다른 사람이 내 편이 되어주지 않는 건 서운하고 속상한 일이에요. 그렇다고 상대에게 따질 수는 없잖아요. 친절하지 않기만 하면 다행이죠. 때로는 나를 공격하거나 못살게 구는 사람이나 사건들과도 맞닥뜨릴 거예요. 그때 '나를 좋아하는' 안전벨트를 차고 있으면 덜 다치고 덜 상처받아요. 내가 아무리 안전하게 운전을 잘한다고 해도 다른 차의 과실로 사고가 날 수 있어요. 인생도 그래요. 내가 잘하고 있더라도 다른 사람과 어울려 살다 보면 예상치 못한 어려움이 생겨요. 안전벨트가 교통사고로부터 내 몸을 지켜주는 것처럼, '나를 좋아하는' 안전벨트는 살아가면서 받을 어려움으로부터 내 마음을 안전하게 지켜줄 거예요. 세상과 사람들이 나를 힘들게 해도, 내가 나를 지지하고 사랑해 주면 버틸 수 있거든요.

SNS나 유튜브를 보면 하트 모양의 버튼이 있어요. '좋아요' 버튼이죠. 다른 사람에게는 하루에도 수십 번씩 좋아요 버튼을 누르면서 왜 나 자신에게는 좋아요 버튼을 누르지 않나요? 다른 이에게 좋아요 버튼을 눌러달라고 부탁하지 말고 스스로 눌러줘야 해요. 타인이 눌러주는 좋아요 버튼 수를 자기를 좋아하는 기준으로 삼으면 안 돼요. 내가 좋아요를 많이 받지 못했다고 해서 자신을 별 볼 일 없다고 여기는 건 너무 어리석어요. 타인이 눌러주는 수백 개의 좋아요 버튼보다 내가 스스로 누르는 좋아요 버튼이 더 강하고 중요해요. 좋아요를 적게 받았다고 서운해하지 말고, 내가 나에게 매일 눌러주세요. 자신의 좋아요 버튼은 자신만 누를 수 있답니다. 나는 나 자신을 편애해야 해요. 나를 향한 편애는 수저하지 않고 마음껏 해도 돼요.

저는 이 글이 여러분에게 안내 방송이 되었으면 좋겠어요. "지금 우리는 삶이라는 도로를 달리고 있습니다. 안전벨트를 매지 않은 승객님이 계시면 얼른 '나를 좋아하는' 안전벨트를 매세요."

자란다의 진짜 의미

사람이 자라는 건 기적 같아요. 갓난아이가 어린이가 되고, 청소년을 거쳐 청년과 중년이 되고, 또 노년으로 인생을 마치잖아요. 한순간도 같은 모습으로 머물러 있지 않고 계속 변하죠.

기억이 잘 나지 않겠지만 아주 어릴 때는 작은 일에도 칭찬을 받아요. 똥만 잘 싸도, 우유만 잘 먹어도, 잠만 잘 자도 세상 모든 칭찬을 다 들어요. 누워만 있던 아이가 뒤집기를 하고 기어다니고 두 발로 걷는 게 얼마나 신기한지 몰라요. 저는 제 아들 연수가 처음 두 발로 걸을 때의 모습을 떠올리면 벅차올라요. 저에게는 닐 암스트롱이 처음 달에 갔을 때보다 더 경이로운 순간이에요. 이렇듯 아주 어릴 때는 잘 자라는 것만으로도 잘한다는 이야기를 들어요.

그런데 어린이들만 자라는 게 아니라 십 대인 여러분도 열심히 자라고 있어요. 몸만 자라는 게 아니라 매일 감정과 생각의 크기도 자라고 있잖아요. 사실 자라나는 데는 엄청난 에너지가 필요해요. 여러분은 온 힘을 다해 자라나고 있어요. 그 대단한 걸 여러분이 하고 있는 거랍니다.

자, 자란다의 다른 뜻을 이제 알겠나요? 아직 모르겠다고요? 그러면 '자란다'를 빠른 속도로 열 번 말해보세요. 어떻게 들리나요? 맞아요. '잘한다'로 들리죠? 자란다의 진짜 의미는 잘한다, 예요. 잊지 마세요. 자라는 것만으로도 여러분은 잘하고 있다는 걸요. 내가 엄청난 수고를 하고 있구나. 무척 어려운 일을 하고 있구나. 어른들이 칭찬해 주지 않으면 스스로에게 해주세요.

저도 아이가 크고 난 후에는 칭찬해야 하는 걸 자주 깜박해요. 보통 칭찬하기보다는 화를 내는 일이 더 많지요. 제가 하도 화를 내다 보니까 반성하는 의미로 메모지에 '올해 목표: 연수한테 화내지 않기'라고 적어 벽에 붙여 놓았어요. 그런데 오늘 또 화를 내고 말았네요.(ㅠㅠ) 남편이 메모지를 보며 떼야 하지 않겠냐고 했지만 남은 한 해 동안은 노력해 보려고요.

괜찮은 부모가 되고 싶은데 그렇지 못한 것 같아 자주 후회해요. 나는 왜 이렇게 부족한 부모일까 자책하기도 하고요. 다른 부모들만큼 하지 못한다는 생각이 들면 아이에게 미안해지고, 스스로 부모 자격이 없는 게 아닐까 싶을 때가 많거든요. 그래서 부모가 된 후에 자연스레 부모 관련 책이나 글, 영상을 찾아보고 있어요.

그중에 인상 깊은 이야기가 있었어요. 정신의학과 조선미 교수님은 좋은 부모가 되려고 너무 노력하지 않아도 된다며, '엄마는 살아 있으면 60퍼센트는 한 것'이라고 하셨어요. 그 말이 저에게 무척 위안이 되었어요.

저는 그 말을 응용해서 말하고 싶어요. 사람은 살아 있으면 70점이라고요. 자신에게는 조금 더 관대해도 되니까 60퍼센트 말고 70점으로 할게요. 살아 있기만 하면 기본 점수는 받는 거예요.

100점 못 받으면 어때요? 운전면허 필기 합격 점수 기준이 1종은 70점, 2종은 60점이라고 해요. 100점을 받는다고 운전을 더 잘할 수 있는 게 아니에요. 1종 목표면 70점, 2종 목표면 60점만 맞으면 돼요. 우리는 살아 있다는 것만으로도 이미 70점이니 그것만으로도 기본 점수는 받았어요.

저는 학교에 대한 기억이 즐거움으로만 가득 차 있지 않아요. 학교라는 공간에서 겪은 힘든 일이 많았거든요. 그래서 학교 다니는 십 대들을 보면 너무 대견해요. 공부를 잘해야만, 친구들에게 인기가 많아야만, 선생님에게 칭찬받아야만 잘하는 게 아니에요. 학교를 다니고 있다? 그러면 학생의 역할을 다한 거예요.

저는 일본 소설과 드라마를 좋아하는데, 30년 전 일본 작품에 '히키코모리(은둔형 외톨이)' 이야기가 많이 나왔어요. 그걸 보고 '학생이 학교를 안 간다고? 자퇴를 한 것도 아닌데 그럴 수 있나?' 싶었죠.

제가 학생 때만 하더라도 학생이면 당연히 학교를 가고 결석하는 친구들이 거의 없었거든요. 그래서 작품 속 특별한 주인공의 이야기라고 여겼어요. 현실에서는 없는 일이라고 생각했죠. 그런데 어느 순간부터 우리 사회에도 등교 거부 학생이 점점 늘어가고 있다고 하네요. 은둔형 외톨이로 지내는 어른도 많아지고 있고요.

오늘 하루 학교 잘 다녀왔나요? 그것만으로도 나는 오늘 충분히 잘한 거예요.

하루를 무사히 보낸 여러분, 오늘도 수고 많았습니다.

사춘기라는 터널

잡지 인터뷰에서 저의 사춘기는 무슨 색이었냐는 질문을 받은 적이 있어요. 글쎄, 무슨 색이었을까요. 『슬램덩크』주인공 강백호가 농구 선수가 되겠다고 큰소리쳤던 것처럼 저도 작가가 되고야 말겠다며 자신만만하게 말하고 다녔죠. 그때 제 사춘기는 열정 가득한 빨간색이었어요. 그런데 또 어떤 날은 한없이 바닥으로 가라앉아 홀로 이어폰을 꽂은 채 저만의 세상에 빠져 있을 때도 있었어요. 그때는 빨간색이 아닌 보라색이었네요. 새로운 일을 시작하거나 새로운 친구를 만났을 땐 새싹처럼 초록색이었고요. 좋아하는 사람이 생겼을 때는 머리끝부터 발끝까지 온통 분홍색을 내뿜었죠. 시험을 망치거나 공모전에 떨어졌을 때는 절망의 회색이었고, 친구와 다퉜을 때는 갈색이기도 했죠. 이렇듯 제 사춘기는 한 가지 색으로 정의할 수가 없어요. 아아, 아무래도 그러면 제 사춘기는 검은색이었겠네요. 이 색 저 색을 모두 다 섞으면 검은색이 되니까요.

사춘기가 절정이던 십 대 시절 제가 저질렀던 일을 떠올리면 저도 모르게 깜짝깜짝 놀라요. 속으로 '저 미친, 왜 저런다냐' 하고 제가 스스로를 욕할 정도예요. 화를 참지 못해 방안 책꽂이의 책을 다 빼서 집어 던지다니. 엄마가 다른 형제 챙기는 게 보기 싫다고 학교에 가지 않겠다며 문을 걸어 잠그다니. 맨바닥에 앉으면 수업을 들을 수 없다는 담임 선생님 말씀에 할 수 있다며 바닥에 앉아서 수업을 듣다니.

아아, 아무래도 지랄 총량의 법칙 때문이었던 것 같아요. '지랄 총량의 법칙' 아시죠? 모든 사람이 지랄이 가득한 항아리를 갖고 태어나는데, 그 항아리에 가득 든 것을 다 배출해야 죽는다는 이야기요. 그런데 이걸 80퍼센트 이상 배출하는 시기가 바로 '사춘기'라잖아요. 저도 사춘기에 열심히 다 배출했네요.

저는 유난히 십 대가 힘들었다는 이야기를 많이 했어요. 절대로 다시 돌아가고 싶지 않다고요. 그래도 모든 순간이 힘들기만 한 건 아니었어요. 사실 좋았던 기억도 많아요. 중학생 때는 학교가 끝나면 친구들과 함께 만화 대여점에 갔어요. 제가 어릴 때는 만화 대여점이란 곳이 있어서 300원을 내면 한 권을 하루 동안 빌릴 수 있었어요. 서로 좋아하는 만화책을 한두 권씩 빌린 후에 다 읽으면 바꿔 봤어요. 우리는 평론가가 된 것 양 만화책에 대해 날카롭게 이야기 나누기도 했죠.

또 시험이 끝난 날에는 노래방에 가서 목이 쉬어라 노래를 불렀어요. 마지막 곡은 무조건 크라잉넛의 「말달리자」였어요. 이 노래가 제일 신나거든요. 그것 말고도 기억에 남는 일이 많아요. 고1 때는 학교 앞에 출몰하는 변태 아저씨가 선배의 신고로 잡혔다는 이야기에 환호하기도 했어요. 고3 축제 때 저희 반은 장기자랑에 영화 「브링 잇 온」에 나오는 치어리딩을 했어요.(저는 센터에 있는 여자아이들을 들어주는 힘센 남자 역할을 맡았습니다만) 수능을 앞두고 있었지만 얼마나 열과 성을 다해 준비했는지 몰라요.

하지만 다시 돌아가고 싶지는 않아요. 돌아가고 싶다고

돌아갈 수 있는 것도 아니고요. 타임슬립 이야기가 많이 나오지만(저도 쓴 적이 있어요) 현실에서는 불가능한 일이잖아요. 인생은 일방통행이에요. 후진을 하고 싶어도 후진할 수는 없죠. 슬프지만 절대로 돌아갈 수 없어요. 그래서 사람들이 타임슬립 이야기에 더 열광하나 봐요. 대리만족을 느끼기 위해서요.

사춘기를 보내면서 저 자신이 동굴에 갇혀 있다는 생각을 많이 했어요. 내가 있는 곳이 너무 어두운데 손을 내밀어도 잡히는 건 아무것도 없고, 나를 구해주러 오는 이도 없다는 생각이 들어서요. 도와달라고 제발 구해달라고 소리쳐도 아무도 오지 않았어요. 어쩌면 내 목소리가 아예 나오지 않고 있는 게 아닐까 싶을 정도였어요. 그런데 그곳은 동굴이 아닌 터널이었어요. 터널은 언젠가 끝이 있기 마련이고, 나오고 나면 다시 환해져요.

언젠가 사춘기라는 터널은 끝이 나요. 정말이에요. 그런데 터널이 왜 있는지 모르겠고, 왜 이렇게 길게 느껴지는지 모르겠다고요? 2017년에 인제 양양 터널이 개통되었어요. 우리나라 터널 중 최장 길이로, 10킬로미터가 넘어요. 이 터널 덕분에 서울에서 속초로 가는 시간이 30분 이상 단축이 되었어요. 덕분에 저도 1년에 두 차례 이상 속초나 강릉으로 여행을 가요. 이 터널을 왜 만들었을까요? 더 안전하고 빨리 가기 위해서예요.

사춘기라는 터널은 어른의 삶으로 무사히 가기 위한 과정 중 하나예요. 터널이 길면 길수록 조금 더 안전하게 잘 가고 있다는 걸 잊지 않았으면 좋겠어요.

언젠가 터널 끝에 다다른 여러분에게 말해주고 싶어요. "터널 무사히 지나오느라 너무 고생 많았어요"라고. 제가 터널 끝에 여러분들이 볼 수 있게 이렇게 메시지를 써두었어요. 그 메시지를 꼭 찾아 읽어주세요.

단 한 마디만 할 수 있다면

저는 책을 많이 읽는 편이에요. 꼭 재미로만 읽는 건 아니고 작가로서 이야기 소재를 찾기 위해 읽을 때도 많답니다. 그러다 보니 제 취향이 아니더라도 유명하거나 추천받은 책을 읽기도 해요. 대부분의 SF 소설은 그런 이유로 읽었어요. 저는 사실 SF 소설이 너무 어렵게 느껴지더라고요. SF 상황을 영화로 보는 건 재밌는데 글로 읽으면 머릿속에 잘 그려지지 않아요.

그런데 주변에서 다들 테드 창의 『당신 인생의 이야기』라는 소설이 너무 좋다고 하는 거예요. 단편집이라 짧은 이야기였는데도 역시나 내가 내용을 이해하는 게 아니라 단순히 글자만 읽고 있는 게 아닌가 할 정도로 집중이 되지 않았어요. 이걸 계속 읽어야 하나 말아야 하나 고민하며 읽고 있는데, 한 문장이 소름 돋을 정도로 너무 좋더라고요. 여덟 편의 단편 중 「네 인생의 이야기」라는 작품인데, 한 언어학자가 외계인을 만난 후 미래를 알게 돼요. 미래에 닥칠 비극을 알면서도 주인공은 딸을 만나는 선택을 해요. 주인공은 딸에게 이런저런 말을 하는데 그중 한 문장이에요.

"너는 네가 행복을 느끼는 일을 하면 되고, 내가 너에게 원하는 것은 그것뿐이란다."

저는 오래도록 이 문장에 멈추어 섰어요. 그리고 늘 그렇듯 이 문장을 다이어리에 옮기고 메모지에 적어 벽면에 붙여 두었어요.(저희 집 거실 벽면은 메모지로 가득 차 있답니다)

이 말은 제가 아들 연수에게 딱 한 마디만 할 수 있다면 하고 싶은 말이었어요. 이 문장을 읽은 순간, '아, 읽기 정말 잘했다!' 싶었죠. 부모님들은 참 잔소리를 많이 해요. 안 씻으면 안 씻는다고 잔소리, 씻으면 또 오래 씻는다고 잔소리. 방 안 치우면 더럽다고 잔소리, 치우면 공부 안 하고 딴짓한다고 잔소리. 친구 만나러 가면 왜 그렇게 오래 노느냐고 잔소

리, 또 집에만 있으면 너는 친구도 없느냐고 걱정.(이때는 잔소리가 아니라 속으로 걱정을 주로 하시죠)

도대체 어느 장단에 맞춰야 할지 모르겠죠? 부모님들은 많은 말씀을 하는데, 만약 딱 한 마디만 할 수 있다면 바로 앞서 말한 문장이었을 거예요. 이제 와 생각해 보니 저희 부모님도 그러셨을 거라는 생각이 들었어요.

나는 왜 학교에 다니지? 왜 직업을 가져야 하지? 친구는 왜 사귀어야 하지? 왜 살아야 하지? 수많은 질문이 우리를 따라다닐 거예요. 그때 저 대답을 해주세요.

당연히 매일 행복할 수 없어요. 올라갔다 내려갔다를 반복하는 그래프 모양이 인생이더라고요. 힘들고 어려운 순간을 살아갈 수 있는 건 그래프가 올라가는 때가 올 거라는 기대와 믿음 때문이에요.

학교 강연을 가면 학생들에게 꼭 물어봐요. 지구가 언제 멸망하는지 아느냐고요. 그러면 학생들은 뜬금없이 왜 저런 걸 묻지? 하는 표정을 해요. "기후 위기 때문에 100년?"이라고 대답하거나, "절대 멸망 안 해요"라고 자신만만하게 대답하기도 하죠. 저는 한참 대답을 들은 후 정답을 알려줘요.

"지구는 내가 세상에서 사라질 때 멸망하는 거예요."

내가 바로 지구의 전부이고 세상의 전부예요. 내가 세상에서 없어지면 그게 바로 지구 멸망이잖아요. 저는 여러분이 지구도 중요하지만 여러분의 지구를 잘 지켜주었으면 좋겠어요. 나 자신의 행복을 가장 우선에 두세요. 부모님을 위해, 친구를 위해, 다른 사람의 시선을 위해 살지 마세요.

어쩌면 학교를 다니는 게 너무 힘들 수 있어요. 도저히 못 다니겠다 싶으면 그깟 학교 그만둬도 돼요. 조금 쉬었다가 다시 가도 되고, 졸업장이 필요한 거라면 검정고시 제도도 잘 되어 있답니다. 회사도 마찬가지예요. 힘들게 들어온 회사인데 그만둘 수는 없어. 부모님이 여길 다닌다고 얼마나 좋아하셨는데, 하면서 숨이 막히도록 힘든데도 버티는 경우가 있어요. 중요한 건 회사 이름이 아니에요. 나 자신이에요. 우선 내가 괜찮아야죠. 그깟 회사도 그만둬도 돼요. 사람도 그래요. 나를 너무 힘들게 하면 그게 누구라도 절연해도 돼요. 나 빼고는 그깟거 그만해도 된다라는 걸 잊지 마세요.

지구 수비대의 미션은 단 한 가지랍니다. 당신의 지구를 무사히 잘 지켜주세요.

3부

나만의 속도를
찾아가는 중이야

앞으로 살아가면서 얼마나 더 많은 장애물과 마주치게 될지는 알 수 없다.
때론 장애물을 피해 돌아가야 하는 일도
적당히 타협해야 하는 일도 있겠지만, 할 수 있다면 장애물을 부술 것이다.
우리는 충분히 그래도 되는 나이니까.

김혜정, 『닌자걸스』, 비룡소

나에게 집중해

글을 쓸 때 저만의 루틴이 있냐는 질문을 종종 받아요. 저는 집에 있으면 늘어지거나 딴짓을 하게 되고, 일과 휴식의 분리가 필요해 집에서는 글을 쓰지 않아요. 대신 집 근처에 있는 대형 프랜차이즈 카페에 가거나 도서관에 가요. 그곳에 가면 의자에 앉자마자 바로 어제 쓰던 글을 이어 써요. 밖에서 글을 쓰다니 놀라운 집중력이라고요? 그게 가능한 이유는 사실 '음악' 덕분이에요. 작품마다 무한 반복해서 듣는 음악이 있거든요. 『오백 년째 열다섯』 시리즈를 쓸 때는 퀸의 음악을 듣고, 『헌터걸』 시리즈는 싸이의 노래, 『열세 살의 걸

기 클럽』은 앤 마리의 「2002」를 들으며 작업했어요. 그렇게 하다 보니 그 음악이 나오면 바로 집중이 가능해져요.

나 자신이 초라해지거나 마음이 힘들면 찾아 듣는 음악도 있어요. 바로 커피소년의 「Focus on me」예요. 여러분도 한 번 들어보실래요?

지금도 이 글을 쓰기 위해서 무한반복으로 듣고 있는데 역시나 좋네요. 이 노래는 「라켓소년단」이라는 드라마를 통해 알게 되었어요. 드라마를 보는데 흘러나오는 노래의 가사가 너무 좋아서 제목과 가사를 찾아봤어요. 첫마디가 '나에게 집중해'예요. 저는 이 노래가 스스로에게 해주는 말이라고 생각돼요. 삶은 내게 항상 친절하지 않으니, 부디 다른 사람 신경 쓰지 말고 오직 자신을 신경 쓰라는 거죠.

여러분은 스스로에게 얼마나 집중하고 있나요? 어쩌면 나 자신보다 다른 사람을 더 많이 찾아보고 신경 쓰고 있지 않나요? 제가 어렸을 때는 인터넷이 없었어요. SNS는 대학생이 되었을 때 생겨났고요. SNS가 있기 전에는 주변 사람들과만 비교가 가능했죠. 하지만 지금은 어떤가요? 하루에도 수차례 SNS에 접속해 다른 사람의 삶을 들여다볼 수 있어요. 내가 직접적으로 만날 수 있는 사람뿐만 아니라, 평생

한 번 만나지 못하는 사람과도 비교를 하게 되었죠.

SNS를 하면 주의할 게 있답니다. 사진을 올리는 SNS는 자랑을 하는 용도이기도 해요. 그러니까 자신의 삶 일부 중 특정된 장면을 올리는 것뿐인데, 이걸 모아놓은 게시물을 보다 보면 착각할 수 있어요. '아, 나 빼고 다들 맛있는 거 먹는구나' '다들 맨날 좋은 곳에 놀러 다니는구나' 이렇게 말이죠. 그래서 저는 되도록 SNS는 하지 않아요.

아, 그렇다고 SNS를 하지 말라고 말하는 건 아니에요. 요즘 세상에 어떻게 SNS를 하지 않고 살 수 있겠어요? SNS를 하면서도 그게 세상의 전부가 아니라는 걸 잊지 말아야 한다는 거죠.

책을 읽다 보면 종종 멈춰 설 때가 있어요. 웨인 다이어의 『인생의 태도』를 읽다가 한 구절 때문에 머리를 세게 쾅, 하고 맞은 느낌이 들었어요. 작가는 자신만의 정원을 조성해야 한다며 '다른 사람들이 순무를 기르는지, 어떤 농약을 쓰는지는 중요하지 않습니다. 내 정원은 내가 그리는 방식으로 일구는 거예요'라고 이야기해요. 저는 한참 동안 이 구절을 읽고 또 읽었어요. 사람은 저마다 다 자기만의 정원이 있는데, 내 정원의 주인인 나는 정작 내 정원보다 친구 밭을 계속 살피고 있어요. 친구는 가지를 가꾸나 호박을 가꾸나, 친구는 농사를 잘 짓고 있나, 친구 밭은 크기가 더 커졌나. 어때요? 여러분도 비슷하지 않나요?

자신의 정원 돌보기에 쓰는 시간보다 다른 사람의 정원을 훔쳐보는 데 더 많은 시간을 쓰다니. 생각해 보니 저도 제 정원보다는 다른 사람의 정원에 더 신경을 쓰며 살고 있더라고요. 내 삶, 내 결과물보다는 다른 사람의 삶과 결과물에 신경 쓰다 보면 정작 내 정원에 소홀해질 수밖에 없어요.

구경꾼이 아니라 주인공으로 살아야죠. 자신을 중심에 놓으세요. 내가 원하는 것, 내가 바라는 것, 내가 하고 싶은 것 등 '나'를 중심으로 생각하세요. 다른 사람이 무엇을 하고 있는지는 잠깐만 보세요.

우선,

먼저,

'나에게 집중해.'

서점에 가지 않는 이유

마지막으로 서점에 언제 갔는지 떠올려 보니 잘 생각이 나지 않을 정도로 오래되었어요. 물론 당장 사야 할 책을 사기 위해 잠깐 들른 적은 있어요. 제가 말하는 서점 방문은 서점에 가서 오랜 시간 책 구경하는 것을 말해요. 작가가 서점에 안 간다고? 그럼 책은 어떻게 보지? 라고 생각할 수 있어요. 저는 주로 서점에 가기보다는 온라인 서점과 도서관을 이용해요.

저는 서점에 가는 걸 무척 좋아하는 사람이었어요. 십 대 때는 온라인 서점이 없었기에 책을 사려면 무조건 서점에 직접 가야 했죠. 제가 살았던 지역 증평에는 작은 서점들만 있었어요. 버스를 타고 30분 정도 가면 나오는 청주에는 꽤 큰 서점이 있었어요. 그래서 시간이 나면 청주 서점에 가서 책을 구경했어요. 좋아하는 작가의 신간을 발견하면 설레는 마음으로 책을 샀고, 새로운 작품을 알게 되면 궁금하고 반가웠어요. 작가가 되는 게 꿈이었으니 언젠가 내 책도 이렇게 서점에 있으면 좋겠다, 하고 간절히 바라기도 했죠.

저는 2008년 『하이킹 걸즈』라는 작품으로 블루픽션상을 수상하며 등단을 했어요. 서점마다 『하이킹 걸즈』 책이 놓여 있었고 큰 광고판도 있었지요. 제가 꿈꾸던 일이 이루어진 거죠. 그때 얼마나 행복했는지 몰라요. 하지만 서점에 제 책이 있는 건 딱 그때뿐이었어요.

다음에 나온 책은 수상작도 아니었고, 그때의 저는 유명한 작가도 아니었거든요. 그 책은 책이 펼쳐져 있는 매대에 2주 정도 올라와 있다가 사라졌어요. 완전히 사라진 건 아니고 보통 매대에 없는 책은 벽면 책꽂이로 이동해 한 권씩만 꽂혀 있답니다. 그렇다고 벽면 책꽂이에 모든 책이 다 있는 것도 아니에요. 서점에 아예 없는 경우도 허다해요. 출간되는 책 종수가 너무 많아 서점이 아무리 크다고 해도 한계가 있으니까요.

　유명한 책은 서점 매대에 같은 책이라 할지라도 수십 권, 많게는 수백 권까지 쌓여 있어요. 제 책은 매대 위에 항상 올라가는 책이 아니었어요. 그러다 보니 어느 순간부터 서점에 가고 싶지 않더라고요. 네, 사실 저는 질투쟁이랍니다. 베스트셀러를 인터넷 기사를 통해 보거나 동료 작가들을 통해 들을 때는 그런가 보다, 하고 넘길 수 있어요. 하지만 서점에서 눈으로 보는 건 타격이 컸어요. 역시 시각적 효과는 어마어마한 것 같아요.

　다른 책들을 질투하고 싶지 않아서, 그러면 내 속만 상하니까 서점에 발길을 끊게 되었어요. 그런데 저만 그런 건 아닌 거 같아요. 외국 작가가 쓴 창작 작법서를 읽는데 작가가 되려면 각오해야 하는 것 중 하나가 '서점에 못 가게 되는 일'이라고 이야기하더라고요. 다른 작가와 비교하게 되다 보니 서점에 잘 안 가게 된다면서요. 아, 나만 그런 게 아니구나 했어요.(물론 작가 중에 서점 가는 걸 즐기시는 분도 많아요)

　등단을 한 후 2, 3년간은 슬럼프에 빠져 있었어요. 그토록 원하던 작가가 되었지만 책이 잘 팔리는 유명한 작가와 저를 비교하니 제 작품이, 나아가 저 자신까지 별 볼 일 없게 느껴

졌거든요. 그런데 저는 유명해지거나 책을 많이 팔고 싶어 작가가 된 게 아니었어요. 제가 좋아하는 글을 쓰는 게 목표였고, 그 일을 하면서 적게 벌고 적게 쓰며 먹고사는 게 바람이었거든요.

'제발 다른 작가들 신경 쓰지 말자. 내가 쓰고 싶은 글을 쓰면 돼!'

네, 그 다짐을 지키며 살기 위해 서점에 가지 않습니다. 고백하기 부끄럽지만 저는 이 정도 꼬인 사람이에요. 서점에 가지 않으니 다른 작가와 비교할 일이 훨씬 많이 줄어들더라고요. 서점에 가지 않는 건 작가 생활을 영위하기 위한 제 나름의 강구책이랍니다.

물론 지금도 여전히 유명하거나 책이 많이 팔리는 작가를 보면 배가 아파요. 열 살 연수에게 상담하니까 제가 부러워하는 작가들의 나이를 묻더라고요. 그래서 알려주니 "엄마도 기다려 봐. 엄마도 그 나이 되면 팔릴 거야" 하고 저를 위로해 주기도 했답니다.

저는 서점에는 가지 않지만 도서관 신간 코너를 좋아해요. 새 책이 모여 있는 신간 코너는 도서관의 보물이라고 생각해요. 이곳을 여러분에게 강력히 추천해요! 제발 도서관

신간 코너에 가세요! 가서서 마음에 들면 한 권 집어 드세요! 제가 그곳을 좋아하는 이유는 새 책이라서가 아니라, 여러 장르의 책이 한자리에 모여 있어서예요. 제 취향과 관심사가 아닌 책들도 있어서 저를 더 넓은 세계로 보내주더라고요. 제가 이 에세이에서 언급한 책 중에 그렇게 만난 책들이 꽤 된답니다.

이제는 대형 서점 매대 위에 제 책이 있다고 해요. 서점에 들른 지인들이 반갑다며 사진을 찍어 보내주어서 알아요. 하지만 저는 그 실물을 한 번도 보러 가지 않았어요. 앞으로 제가 낼 모든 책이 그 매대에 올라갈 수 있는 것도 아니고, 매대 위에 있고 없고를 신경 쓰고 싶지 않기 때문이에요. 평안한 작가 생활 유지를 위해서는 서점에 가지 않는 게 여러모로 저에게 좋을 듯해요.

네, 아무래도 저는 앞으로 꽤 오랫동안 서점에 가지 못할 것 같네요.

왜 일해야 하죠?

    학생들이 학교를 다니는 것처럼 어른이 되면 일을 해야 하죠. '일=힘든 거' 혹은 '일=하기 싫지만 해야 하는 거'라고 생각하는 사람들이 많아요. 어른이 된 후 어떻게 살고 싶냐는 질문에 "돈 많은 건물주요!" 하고 대답하는 친구들이 있어요. 몇몇 아이들은 말이 되냐며 뭐라고 하죠. 나도 하고는 싶지만 그게 어디 쉽냐는 거죠. 어른들이 우스갯소리로 하는 걸 아이들이 그대로 따라 하는 걸 보고 뜨끔했어요. 저는 한 번도 돈 많은 건물주를 꿈꿔본 적도 없고, 앞으로도 꿈꾸지 않을 거예요. 보통 건물주를 꿈꾸는 사람들은 건물 관리를 체계적으로 해보겠다가 아니라 일하지 않고 돈만 많으면 좋겠다는 식으로 바라는 거니까요.

사람은 돈을 버는 목적으로만 일하는 건 아니에요. 일을 통해 즐거움을 얻을 수도 있고, 다른 사람을 도울 수도 있고, 성취감을 느끼기도 하고, 가치를 만들어내기도 해요. 제가 글을 쓰는 이유는 재미있어서예요. 그리고 제 글을 읽고 마음이 움직였다는 사람들을 보면 보람을 느끼죠. 또 돈을 벌기 위해서도 글을 써요. 먹고살려면 당연히 돈을 벌어야 하니까요. 이제까지 강연을 1500회가량 한 것 같아요. 작가로서 보내는 시간을 따져보니 글쓰기 반, 강연 반인 것 같아요.

작가가 되기 전에는 이렇게 강연을 많이 해야 하는 직업인 줄 몰랐어요. 저는 혼자 있는 걸 좋아하고, 다른 사람 앞에 나서는 걸 부끄러워하는 사람이에요. 그런 제가 프로 강연자 못지않게 강연을 하게 된 건 제가 좋아하는 '글쓰기'를 하기 위해서였어요. 저에게 글쓰기가 놀이라면 강연은 일에 가까웠던 것 같아요. 강연을 해야만 제 책이 독자들에게 조금이라도 가닿을 수 있으니까요. 책이 팔리지 않으면 전업 작가 생활이 힘들거든요.

처음에는 많은 사람들 앞에서 말을 하는 게 너무 힘들었어요. 몇 분도 아니고 한 시간을 넘게 혼자 이야기해야 하니까요. 강연을 다녀오면 파김치가 되어 쓰러졌던 것 같아요. 그런데 어느 순간 독자들을 만나는 게 즐겁더라고요. 강연을 들은 어린이와 청소년들이 어쩌면 그렇게 말을 잘하느냐고 칭찬을 해주는데 그건 다 "많이!" 했기 때문이랍니다. 십 대가 아닌데 어떻게 십 대가 주인공인 글을 계속 쓰냐는 질문을 자주 받아요. 모두 강연에서 만났던 독자님들 덕분이에요. 강연을 통해 요즘 십 대들의 말투와 생활을 알 수 있거든요. 그분들이 제 소설 속 주인공이 되어주었어요. 이 에세이도 강연 덕분에 쓸 수 있어요. 아마 글쓰기와 강연만으로 경제생활을 하기 어렵다면 저는 다른 직업을 겸했을 거예요. 제가 글을 쓰는 목적은 복합적이에요. 재미있기도 하고, 경제 활동도 하기 위해서죠. 하나의 이유만으로 작가를 하는건 아니에요. 다른 직업을 가진 분들도 마찬가지일 거예요.

팟캐스트에 「그것이 알고 싶다」 PD님이 나온 적이 있어요. 「그것이 알고 싶다」 PD가 되고 싶다는 사연자의 궁금증을 풀기 위해서였죠. PD님은 어떤 방식으로 일을 하는지 상세하게 알려주었어요. 진행자가 "그 일의 장점이 무엇인가요?"라고 묻자 PD님은 잠시 고민하다가 대답했어요.

"다른 사람을 도와주며 돈 벌 수 있는 거요."

그 대답을 듣고 맞다, 하고 이마를 쳤네요. 방송 특성상 억울한 사람들의 이야기가 많이 나오는데 방송을 통해 해결된 일이 꽤 많거든요. PD가 아니었다면 그 사람들을 모두 도와주는 건 쉽지 않아요.

저도 가만히 저의 하루를 생각해 봅니다. 내가 쓰는 물건, 내가 타는 교통수단, 내가 먹는 음식, 내가 걸어가는 거리 등은 많은 분들이 일해주신 덕분이에요.

얼마 전 집 유리창이 깨졌어요. 고층이라 이걸 어떻게 새 유리창으로 갈아 끼울 수 있을지 너무 걱정되더라고요. 가게를 검색해서 문의하니 다행히 교체가 가능하다고 했어요. 가게 사장님은 유리를 갈기 위해 혼자 오셨고 제가 위험하지 않을까 계속 걱정하니 "저 이 일 35년 했어요. 걱정 붙들어 매세요" 하시더라고요. 사장님은 두 시간 만에 능숙하게 깨진 유리를 제거하고, 새 유리를 완벽하게 넣어주셨어요. 역시 35년을 일한 전문가셨어요. 문득 저도 35년 동안 글을 쓰면 저렇게 능숙하게 할 수 있을까? 싶더라고요. 그분을 만나고 난 뒤 마음속으로 '나도 저분처럼 글쓰기 전문가가 되고 싶다'는 작은 소망을 품게 되었어요. 그러니 오래, 성실히 해야겠어요.

학생들이 학교를 다니는 이유가 시험을 보고 성적을 얻기 위해서만은 아닌 것처럼 어른들이 일하는 것도 마찬가지예요. 여러분은 학교를 다니며 다른 사람과 어울리고, 다양한 것을 배우고, 체험학습도 가고, 운동회도 하고 여러 가지를 해요. 어른도 돈만 벌기 위해서 일을 하지 않는답니다. 일 자체가 나의 생활이에요.

여러분은 무슨 일을 하고 싶나요?

리미티드 에디션

　저는 물건 사는 걸 별로 좋아하지 않아요. 옷도, 가방도 한 번 산 걸 몇 년씩 써요. 휴대폰이나 노트북도 고장 날 때까지 쓰는 것 같아요. 개미지옥이라는 다이소에 가서도 사려고 마음먹은 물건만 딱 사고 나와요. 새 물건을 사게 되면 집에 있는 물건을 버려야 할 테고, 없어도 되는 물건은 언젠가 버려질 테니 결국 다 쓰레기라고 생각하거든요. 저는 소비지향적인 인간은 아닌 거 같아요.

　하지만 저도 민감하게 소비하는 영역이 있어요. 바로 먹거리예요. 유명하거나 유행이라는 것은 꼭 먹어야 하죠. 마트에서 파는 신제품은 되도록 사서 먹어보려고 해요. 특히 '한정판'이 붙으면 지나치지 못해요. 카페에서 파는 시즌 음료나 빵집, 식당에서 파는 제철 한정 음식은 꼭 먹죠. 겨울에 제일 맛있는 딸기 케이크와 여름에만 먹을 수 있는 생애플 망고 빙수, 한치 물회가 있기에 계절이 바뀌는 것을 조금은 기다린답니다. 물건에 관심이 없어도 한정판이라고 하면 사야 하나 고민하기도 해요. 지금이 아니면 사지 못하는 거니까요. 한정판을 사기 위해 줄을 서는 사람들을 저는 백번 이해한답니다.

사람들은 한정판을 좋아해요. 그런데 우리가 놓치고 있는 한정판이 있어요. 비로 '오늘'이라는 한정판이죠. 우리의 오늘은 딱 하루뿐이에요. 지나가면 다시 돌아오지 않죠. 휴대폰에 '과거의 오늘'이라며 저장되어 있던 과거의 사진이 떠요. 주로 아이 사진이에요. 세 살의 연수는, 다섯 살의 연수는 너무나 사랑스럽고 예뻐요. 그런데 그때는 그걸 몰랐던 거 같아요. 아무리 그리워도 그 시절 연수를 다시 만날 수 없어요. 그러다가 문득 지금의 연수도 시간이 지나면 얼마나 귀엽고 사랑스럽게 느껴질까 싶더라고요. 열 살의 연수는 리미티드 에디션이더라고요. 저는 분명히 지금의 연수를 그리

위할 거예요. 가끔 저의 사진도 떠요. 과거의 모든 사진은 당연히 지금의 저보다 젊더라고요. 오늘은 나의 가장 젊은 날이라는 말이 있어요. 맞아요. 정말로 그래요.

여러분은 엄청 예뻐요. 알고 있나요? 여러분이 생각하는 것보다 더요. 하지만 자기 자신은 몰라요. 사람은 자신의 모습을 직접 볼 수 없으니까요. 거울을 통해 보는 건 직접 보는 게 아니에요. 저는 십 대 때 저 자신이 예쁘다는 것을 몰랐어요. 훌쩍 커서 어른이 되고 난 후에야 알게 되었지요. 바로 십 대들을 직접 만나게 되면서예요. 십 대 청소년들은 반짝반짝 빛이 나고 생기가 넘쳐요.

성인이 주인공인 『분실물이 돌아왔습니다』라는 소설을 내고 난 뒤에 성인 독자와 만날 기회가 늘어났어요. 한 번은 육십 대 성인 독자님들과 만난 적이 있는데, 강연이 끝나고 그분들이 한결같이 제게 말씀해 주셨어요.

"너무 예뻐요."

저는 어르신들의 그 말씀이 진심이라는 걸 알아요. 제가 십 대들을 만날 때마다 하는 생각이니까요. 오늘의 여러분이 너무나 젊고 예쁘다는 것을 잊지 마세요. 반짝이는 십 대는 영원하지 않답니다. 한정판이니까요. 무언가를, 누군가를 미친 듯이 좋아하고 미워할 수 있는 열정은 십 대만이 가질 수 있는 것 같아요.

『오백 년째 열다섯』의 주인공 유정은 오백 년 동안 현이라는 아이를 짝사랑해요. 작가 입장에서 독자들이 말도 안 된다고 생각하면(오백 년 동안 한 사람을 짝사랑한다고? 말도 안 돼!) 어쩌나 싶었지만 그런 반응이 전혀 없었어요. 유정은 십 대니까요. 십 대 때 저는 젝스키스라는 아이돌을 너무나 좋아했어요. 저의 최애 멤버는 지금 젝스키스 활동을 하고 있지 않아요. 안타까운 마음은 있지만 '그렇게 됐군' 하고 받아들여요. 지금도 젝스키스를 좋아하지만 예전만큼은 아니니까요. 그러기에 저는 에너지가 많이 줄었거든요. 신경 써야 할 다른 일들도 많고요. 만약 제가 유정처럼 십 대에 머물러 있다면 여전히 젝스키스를 좋아했을 거예요.

사람의 에너지는 축적되지 않아요. 시간이 지나면 사라져요. 십 대의 에너지는 십 대에만 쓸 수 있어요. 그러니 오늘의 에너지를 다 사용하세요. 한정판인 오늘을 놓치지 말고 다 누려요.

저도 아직 예쁜 나이네요. 어르신들의 응원을 받아 가장 젊은 오늘을 열심히 살아보겠습니다.

밑줄 긋는 시간

지하철에 타서 만나는 사람들의 모습은 대부분 비슷해요. 한 손에 스마트폰을 들고 뚫어지게 바라보고 있죠. 다들 무엇을 그렇게 보고 있는 걸까요. 뉴스를 검색하기도 하고, 지인과 메시지를 주고받을 수도 있고, 인터넷 커뮤니티에 들어가 정보를 공유하는 중일 수도 있고요. 사람들은 작은 스마트폰을 보고, 보고, 또 봐요. 그 덕분에 정보들은 금방 퍼집니다. 스마트폰이, 인터넷이 없던 시절에는 9시 뉴스 시간이 되어야 세상에 일어난 소식을 알 수 있었어요. 하지만 이제는 다른 지역에서, 먼 해외에서 일어난 일도 곧바로 알 수 있어요. 우리는 정말 빠른 세상에 살고 있네요.

그러다 보니 금방 휘발되는 것들이 많아요. 인터넷 속 유행이나 화제는 계속 바뀌고, 연예인이나 정치인이 아니더라도 유명해질 수 있어요. "미래에는 모든 사람들이 15분간은 유명해질 수 있다"라는 앤디 워홀의 예언이 적중한 거죠. 유명인은 많지만, 사람들의 관심은 오래가지 않아요. 언론사는 셀 수 없이 많아요. 케이블 방송, 종편 등 방송국은 계속 늘어나고, 수많은 OTT, 유튜브 등 개인 채널까지 생기다 보니 볼 게 너무나 많아요. 요즘 시대를 '정보의 범람'이라고 표현하기엔 부족할 정도예요. 굳이 알아야 하지 않을 정보들까지 알게 되고, 중요하지 않은 것들이 중요하게 탈바꿈되기도 하니까요. 저 역시 스마트폰으로 인터넷을 자주 해요. 딱히 목적이 있어서가 아니라, 습관처럼 스마트폰 화면을 열고 클릭, 또 클릭을 하는 거죠. 그렇게 보게 되는 정보가 꽤 많을 거예요. 그러나 기억에 남는 것은 거의 없어요. 많은 정보들이 눈을 잠시 스쳐 갈 뿐이죠.

사람들은 인터넷을 통해 손쉽게 많은 정보를 얻을 수 있어요. 스마트폰이 없던 시절에는 누군가 "크로아티아의 수도는 어딜까?"라고 물어보면 "어, 어" 하고 대답을 못한 채 그 정보를 알고 있는 사람을 직접 찾아가 물어보거나 책을 찾아봐야 답을 알 수 있었어요. 하지만 요즘에는 스마트폰 화면만 열고 검색하면 돼요.

그렇다면 언제든 스마트폰으로 쉽게 정보를 얻고 공유하는 현대인들은 더 똑똑해졌다고 할 수 있을까요? 잘 모르겠어요. 아니, 솔직히 말하자면 아니라고 생각해요. 사람들은 스스로 생각하지 않고, 인터넷에 물으려고만 해요. 영화감독 기타노 다케시는 인터넷이 생겼다고 해서 인류의 전체 지식량이 늘지는 않았다고 말했어요. 이미 있는 정보를 공유하는 사람의 수가 늘었을 뿐이라고요.

많은 사람들이 스스로 생각하는 게 아니라 인터넷에게 대신 생각을 부탁해요. 그러다 보니 '가짜 뉴스' 같은 것도 심각한 문제가 되었어요. 인터넷에 올라온 글은 무조건 믿어버려요. 조금 이상하면 의심을 할 법도 한데 의심하지 않아요. 생각을 '생략'해 버리니까요. 사람들은 점점 생각을 하지 않아요. 호모 사피엔스라는 말이 무력할 정도예요. 저는 나중에 '생각 학원(생각하는 법을 가르쳐 주는 곳)'이 생길 것 같다는 농담이 아닌 진심을 담은 말을 자주 해요.

사람에게 필요한 건 휘발되는 많은 정보가 아니에요. 나를 멈추어 생각하게 하는 무언가가 필요합니다. 생각할 수 있게 도와주는 건 단연코 '책'이에요. 책을 읽다가 머리가 띵할 정도로 울릴 때가 종종 있어요. '책은 얼어붙은 정신의 바다를 깨는 도끼'라는 카프카의 문장을 실감하는 순간이요. 내가 미처 생각하지 못한 것을 깨닫게 해준다거나, 내가 막연히 생각하는 것을 멋진 한 문장으로 표현하는 작가분들이 많아요. 그런 문장을 만날 때, 저는 그 문장에 멈춰서 문장을 곱씹으며 생각해요. 그리고 밑줄을 긋죠. 너무 좋은 문장들은 따로 적어두기도 해요.

저에게는 '즐겁게 살지 않는 것은 죄다'(무라카미 류의 『69 sixth nine』), '인생은 가끔 구역질 난다'(휘스 카위어의 『엄청나게 시끄러운 폴레케 이야기』)라는 삶의 든든한 버팀목이 되어주는 인생의 문장이 있어요. 그 문장들은 어떤 인맥과 스펙보다 더 큰 힘이 되어주고 있죠.

살아가면서 책만 깨달음을 주는 건 아니에요. 실제 살아 있는 사람과 대화를 하면서 깨달음을 얻을 때도 있어요. 하지만 그때는 일시 정지 버튼을 누를 수 없어요. 상대와 대화하는 중에, 너무 좋다고 "잠깐만요!"라고 외칠 수는 없으니까요. 영화나 드라마라는 매체도 충분히 매력적이고 재밌는 깨달음을 줘요. 하지만 영화 속 어떤 대사와 장면이 좋다고 해서 매번 정지 버튼을 누를 수는 없어요. 그러나 책은 가능해요. 나와 세상을 일시 정지 시킬 수 있답니다. 때론 책 속의 한 문장이 책의 전부가 될 때도 있어요.

참고로 제가 이 에세이에서 인용한 구절과 명언은 모두 밑줄 그은 것들이에요. 아마 이 문장을 스마트폰으로 봤다면, 이렇게 오랫동안 기억하지 못했을 거예요.

많은 책을 읽을 필요는 없어요. 한 달에 단 한 권이라도, 책을 읽으며 스스로 생각하는 시간을 가져보세요. 작가의 의견에 동의할 수도, 동의하지 않을 수도 있어요. 그렇다면 왜 이 사람은 이렇게 말하지? 하고 되물어 봐요. 그리고 책을 읽으며 잠시 멈춰요. 밑줄을 그어요. 생각해요.

닮고 싶은 사람 찾기

얼마 전 춘천에 있는 한 중학교에 강연을 다녀왔어요. 보통 강연을 시작하기 전에 교장실을 찾아가 교장 선생님과 인사를 해요. 그 시간은 몹시 어색하기만 하답니다. 하지만 행사를 주최한 선생님께서 준비해 주신 시간이니 꾸벅 인사를 하고 와요. 오늘 잘 부탁한다는 교장 선생님의 말씀을 전해 듣고 강연장으로 가서 강연을 시작해요.

춘천의 학교에 도착해서도 교장실에 인사하러 갈 준비를 하고 있었어요. 그런데 담당 선생님께서 따로 별말씀을 하지 않으시더라고요. 곧 하시겠지, 하고 기다리고 있는데 담당 선생님이 아닌 다른 분이 강연장으로 들어오셨어요. 그 학교의 교장 선생님이셨지요. 그분은 저를 보자마자 제게 "우리 학교 학생들이 참 운이 좋은가 봐요"라고 하셨어요. 순간 속으로 어? 오늘 학생들에게 무슨 일이 생겼나, 했죠. 그런데 교장 선생님은 이어서 "작가님처럼 좋은 분의 강연을 듣다니, 우리 학교 학생들은 운이 좋아요" 하고 말씀하셨어요. 그 말씀 한마디에 아침 일찍 일어나서 움직인 피로가 싹 풀렸어요. 그뿐만 아니라 교장 선생님의 말씀이 헛되지 않게 강연이 좋은 시간이 될 수 있도록 노력했던 것 같아요. 그 교장 선생님과 함께 한 시간은 1, 2분 정도밖에 되지 않아요. 잠깐 뵈었던 거라 지금은 얼굴도 잘 기억나지 않고요. 하지만 저는 그 교장 선생님을 '닮고 싶은 사람' 목록에 추가했어요. 저도 저렇게 예쁘고 다정하게 말할 수 있는 사람이 되고 싶더라고요.

이십 대 중반이 넘어서야 사는 게 결코 쉽지 않다는 것을 깨닫고, 처음으로 스스로에게 어떻게 살고 싶으냐는 질문을 하기 시작했어요. 그전까지는 내가 원하는 대학에 가고, 직업을 갖게 되면 끝나는 줄 알았어요. 하지만 그게 아니라는 걸 어른이 되고 나서야 알았고, 내 삶의 방식에 대해 고민하게 되었어요. 무엇이 될지보다 어떻게 살지가 더 중요하더라고요. 저는 자신의 청춘에게 실수를 범하지 말라고, 학생들을 만날 때마다 어떻게 살고 싶은지 많이 생각하라고 이야기했어요. 그런데 '어떻게'를 생각하는 게 쉽지 않다며, 잘 모르겠다고 말하는 아이들이 많더라고요. 사실 그 아이들에게 조금 더 구체적인 방법을 알려줘야 했어요. 그래서 곰곰이 생각한 것이 '닮고 싶은 사람 찾기'예요.

돌이켜 보면 혼란스러운 십 대 시절, 저를 버티게 해주었던 것은 제가 닮고 싶은 사람 덕분이었어요. 중학생 때 이어폰을 꽂고 전람회와 패닉의 노래를 듣고 또 들었어요. 두 가수의 가사는 제게 그 어떤 문학작품보다 큰 울림을 주었죠. 저도 그들처럼 기발한 생각을 하는 사람이 되고 싶었어요.

고등학생 때 무라카미 류의 작품을 처음 읽었는데, 작가가 소설뿐만 아니라 다양한 장르로 자기 목소리를 낼 수 있다는 걸 알았어요. 또 「플란다스의 개」라는 영화를 보게 되었는데, 기존의 영화와 달라도 너무 다르더라고요. 영화인데 만화 같고, 현실의 이야기인데 현실이 맞나? 싶었어요. 단순히 재밌다는 한마디로 표현할 수 없는 영화였어요. 나도 저런 독특한 이야기를 만들고 싶었어요. 이 영화는 바로 「기생

충」으로 세계를 놀라게 한 봉준호 감독의 데뷔작이에요.

좋아하는 사람이 있으면 닮고 싶어져요. 닮고 싶어지기에
좋아지는 건지도 모르겠네요. 저는 살면서 유명인뿐만 아니
라, 주변인들의 닮고 싶은 모습을 차곡차곡 모아둬요. 힘든
일이 있어도 긍정적인 태도를 잃지 않는 엄마의 모습을 닮고
싶고, 타인에게 받은 선의를 잊지 않고 오랫동안 기억하는
친구 B를 닮고 싶고, 신체적인 나이보다 정신적인 나이가 더
중요하다는 걸 알려준 동료 작가 C를 닮고 싶어요. 닮고 싶
은 사람이 주변에 있으면 참 좋아요. 그들을 언제든 직접 만
날 수 있으니까 만날 때마다 잠시 잊고 있던 것을 떠올리게
돼요.

물론 주변에 온통 닮고 싶은 사람만 있는 건 아니잖아요.
정반대의 사람들도 있답니다. 저에겐 '닮고 싶지 않은 사람'
의 목록도 있어요. 살면서 닮고 싶거나 좋은 사람만 만나게
되지 않으니까요. 나를 불쾌하게 하거나 힘들게 하는 사람들
이 있어요. 심지어 뉴스만 봐도 이상한 사람들이 얼마나 많
이 나와요? 그럴 때마다 다짐하죠.

'아, 저렇게는 살지 말아야지!'

닮고 싶지 않은 사람의 목록을 만드는 것도 제법 할 만해

요. 나를 힘들게 하는 사람들을 만나게 될 때 나름의 극복법이 되어주기 때문이죠. '왜 저런 사람을 만나야만 할까', '왜 그런 행동으로 나를 힘들게 하는가' 싶을 때가 많아요. 속으로 짜증이나 화를 내면서 '나는 저러지 말아야지' 하는 깨달음으로 승화시켜요. 그러면 완전히 나아지지는 않아도 조금 속이 풀려요.

다행히 내가 닮고 싶은 사람의 목록이 닮고 싶지 않은 사람의 목록보다 많아요. 그러나 생각만 하고 실천하지 않으면 소용이 없을 거예요. 오늘 저는 이 글을 다 쓰고 난 뒤 만나는 사람에게 춘천에서 만난 교장 선생님처럼 꼭 예쁘게 말할 것을 다짐해 봅니다.

4부

우리만의 어른이
되어가는 중이야

"아무튼, 당신네들 시대는 이제 갔났어.
궁상맞은 시대는 다 끝났다구."

가네시로 가즈키, 『GO』, 하빌리스

어른 말 다 듣지 않아도 돼

어른이 되어 깨달은 건 어른들 말이 다 맞지 않다는 거예요. 옛날에는 '어른 말을 잘 들으면 자다가도 떡이 생긴다'라는 속담이 있을 정도로 어른 말을 잘 들어야 한다고 배웠어요. 물론 저는 어릴 때 속으로 '떡 싫어하는 사람도 있을 텐데' 하고 고개를 갸우뚱하긴 했지만요. 그 의심이 어른이 되어서는 확신으로 바뀌었답니다. 모든 어른이 다 옳은 말을 하는 건 아니구나. 어른 말이라고 다 옳지 않구나! 하고 말이에요.

어른은 어린이, 청소년이던 시기를 지나 성장한 이들이에요. 한 사람이 자라나기까지에는 여러 어른의 도움이 필요하고, 그렇게 어른이 된 이들은 후속 세대에게 받은 걸 전달해야 하는 의무가 있어요. 어른은 다음 어른이 될 세대를 보호하고 안내해야 하죠. 나 홀로 어른으로 자라난 게 아니니까요. 하지만 신체적으로만 자라났지 정신적으로 자라나지 못한 어른이 제법 많아요.

이제까지 쓰는 데 가장 오래 걸린 작품은 동화 『헌터걸』 시리즈예요. 2013년에 처음 생각한 이야기가 2018년에 이르러서야 출간되었거든요. 이야기 구상만 3년이 넘게 걸린 것 같아요. 헌터걸과 헌터보이가 나쁜 어른을 직접 혼내주는 내용인데, 제 구상을 들은 어른들은 의구심을 품었어요. 나쁜 어른은 어른이 잡아서 혼내야지 왜 아이들이 직접 잡아야 하느냐고요. 이 책이 나오기 전만 하더라도 우리나라에 판타지 동화가 많지 않았기에 현실적으로 말이 안 된다는 우려를 들었어요. 그러다 보니 저도 주저하게 되었고, 결국 이야기를 쓰다가 말았죠.

그리고 2014년에 세월호 사고가 일어났어요. 저도 대부분의 사람들처럼 절망감과 무력감, 죄책감에 시달렸죠. 어떻게 요즘 시대에 구조를 못 할 수가 있는 건지, 수학여행을 가던 그 십 대들은 너무나 어린데. 당시에 저는 대학생들에게 교양 국어를 가르치고 있었는데 수업 시간에 그들을 바로 쳐다볼 수가 없었어요. 아이들이 자라서 저기 앉아 있어야 했는데, 하는 생각이 계속 들었거든요. 사회와 어른은 아이들을 지켜주지 못했어요. 제대로 역할을 하지 못했기에 비판받아야 마땅했죠. 『헌터걸』은 그 죄책감에 대한 반성문이에요. 어른 말이라고 다 맞지 않구나, 어른이라고 다 제대로 된 게 아니구나를 말해주고 싶어서 어떻게든 『헌터걸』을 써야겠다고 다짐했죠. 그렇게 쓴 책이 세상에 나오게 되었답니다

뉴스에서는 여전히 이상한 어른, 나쁜 어른의 이야기가 나와요. 보호자의 탈을 쓴 채 어린이를 학대하고, 지도하겠다는 명목으로 학생에게 범죄를 저지르는 어른들이 있죠. 사실 멀리서 찾을 필요도 없어요. 주변에도 어른답지 못한 어른이 있을 테니까요. 나이가 권력인 줄 아는 어른, 자기보다 어린 사람에게 함부로 하는 어른, 기본적인 사회 규범조차 지키지 않는 어른 등. 저도 그런 어른들을 제법 많이 만났어요. 그런 어른들은 자기가 어른이면 다인 줄 아는데, 어른이라고 다가 아니에요. 그러니 어른 말이라고 다 들을 필요 없어요. 잘못된 가르침을 주는 어른도 많고, 어린이와 청소년

에게 해를 끼치기만 하는 어른도 있으니까요. '나보다 나이 많은 사람의 말이니까 맞겠지', '설마 어른인데 잘못된 걸 하라고 하겠어?' 하는 생각으로 어른들을 맹목적으로 믿지 마세요. 제대로 된 걸 가르치는 어른들의 말만 들어도 돼요.

한 상담 프로그램에 사연이 나왔어요. 어릴 때 의붓아버지에게 성추행을 당한 기억 때문에 몹시 힘들었고, 엄마와 의붓아버지가 이혼을 한 후에야 엄마에게 그 일을 처음 털어놨다고 해요. 엄마는 미안하다며, 나도 부모는 처음이라 너를 어떻게 대해야 할지 잘 몰랐다며 이해해 달라고 했대요. 사연자의 고민은 이거였어요. 의붓아버지만큼 엄마도 원망스러운데, 엄마를 이해해야 하느냐고요. 그런데 그때 진행자였던 방송인 이영자 님이 아주 크게 화를 냈어요. 어른이라면 절대 그렇게 말하면 안 된다며, 처음이니까 잘 모른다는 말은 같은 처지에 놓인 사람끼리나 가능한 거지 어른이 아이에게 하면 안 된다고 했어요. 맞아요. 어른은 어른답게 행동해야 해요.

어른으로서 하나 더 고백하자면 어른은 참 치사해요. 이미 눈치챈 분들도 있겠죠? 어른은 자신보다 어린 사람에게 함부로 대하는 면이 좀 있거든요. 어른들도 같은 어른끼리는 말을 조심해요. 자칫하면 싸움이 날 수 있으니까요. 하지만 나보다 어린 사람들에게는 툭툭 쉽게 말을 해요. 똑바로 좀 해라, 하지 마라, 해라, 하면서요.

저는 잘 알고 있어요. 어린이와 청소년들이 얼마나 어른들을 많이 봐주고 있는지를요. 어른답지 못한 어른들을 대신해 사과할게요.

"어른답지 못해서 죄송합니다."

나는 우리 집 가장 젊은이

저는 어른에게 일침을 가하는 어른을 좋아해요. 잘못해서 혼나는 어른을 보면 속이 아주 시원해요. 같은 편끼리 왜 그래? 할 수도 있지만 그때만큼은 제 안의 아이였던 김혜정이 튀어나오는 것 같아요.

어른이면서 어른을 혼내는 이는 내부 고발자예요. 자신이 속한 조직의 비리를 폭로하는 게 얼마나 어려운 일인데요. 저는 이런 어른을 좋아하고 닮고 싶습니다. 어른의 가르침을 들을 때면 마냥 기쁘지만은 않아요. 저도 잘못한 게 많은 어른으로서 찔리거든요.

바이올리니스트 정경화 씨의 인터뷰를 보고 뜨끔한 적이 있어요. 그분은 어릴 때 어머니가 자신의 말씀을 잘 들어주셨다며, 부모들은 제발 애들 속 좀 썩이지 말고 애들 말 좀 잘 들으라고 하셨어요.(지금도 또 뜨끔합니다)

"부모가 애들 말을 안 들어주면 애들이 어떻게 성장을 하겠어요?"

어른들은 항상 아이들에게 말하죠. 어른 말을 잘 들으라고요. 반대로 아이들은 어른들에게 말 좀 잘 들으라는 말을 하지 않아요. 어른에게 이 말을 했다가는 혼만 날 거예요. 어디서 어른한테 예의 없이 구느냐며 말이죠. 하지만 좀 이상하지 않아요? 왜 아이들만 어른들 말을 잘 들어야 하죠? 어른들도 아이들 말을 잘 들어야 해요. 제대로 된 어른이야말로 아이들의 말에 귀를 기울일 줄 아는 사람이에요. 늙지 않으려면 새로운 것을 배워야 해요. 고인 물이 되지 않으려면 새로움을 받아들여야 해요. MZ세대가 등장했을 때 나이 든 어른들은 무척 신기하게 여겼어요. MZ세대는 다르다며 놀라워했죠. 그런데 제가 만난 십 대들은 MZ세대 이야기에 시큰둥했어요. 당연한걸요. 십 대 입장에서는 부모나 선생님이나 다 같은 나이 든 사람들뿐이니까요.

휴대폰으로 따지면 저나 여러분의 부모님들은(아마 세대가 비슷할 거예요) 2G 휴대폰이에요. 문자 메시지와 전화만 되는 거죠. MZ는 5G 휴대폰이에요. 그렇다면 지금 십 대인 여러분은? 아직 출시조차 되지 않은 완전 최신형이 될 휴대폰이랍니다. 20년 후의 세상에 대해 잘 아는 것은 여러분의 부모님이나 저, 선생님이 아니에요. 바로 여러분들이에요. 지금의 어른들은 20년 후면 노인이 되어 있을 거예요. 세상을 새롭게 바꾸는 역할은 젊은 사람이 해야죠.

저는 새로운 결정을 내릴 때 저희 집 어린이인 연수에게 물어봐요.

"네가 우리 집 가장 젊은이니까 네가 의견 좀 내봐라."

아무래도 젊은 사람의 감각이 필요하니까요. 대체적으로 어린이의 판단이 맞을 때가 많아요. 어린이는 옳은 말을 할 때가 더 많거든요. 그러니 여러분은 책임감을 가지셔야 해요. 아, 우리 집 젊은이는 나니까 내가 우리 집을 이끌어야겠구나!

어른들이 시키는 대로 하지 않아도 돼요. 어른들이 하라는 것을 하면 지금의 어른과 비슷한 삶을 살 수는 있을 거예요. 하지만 크게 달라지지는 않아요. 지금의 어른이 이루어

낸 것을 보며 '그 정도는 우리도 하겠다', '우린 더 잘할 수 있는걸?' 하고 코웃음 쳐도 좋아요. 그래야만 세상은 더 나아지고 달라질 수 있답니다. 어른들이 시키는 대로만 하고 살았다면 사회는 발전하지 못했을 거예요.

언제까지 글을 쓸 거냐는 질문을 종종 받아요. 예전에는 제가 좋을 때까지만 쓰겠다고 답했지만 요즘은 생각이 달라졌어요. 스스로가 꼰대처럼 느껴지면 쓰지 않을 거예요. 세상 변한 줄 모르고 자기 세대 이야기만 고집하는, 먼저 살아본 지혜가 담긴 어른의 말이 아니라 고리타분한 꼰대의 목소리를 작품에서 낸다면 저는 글쓰기를 하지 않을 거예요. 어른은 가르침을 주는 사람이고 꼰대는 잔소리를 하는 사람이에요. 듣기 싫은 잔소리쟁이가 되고 싶지 않아요. 그런데 꼰대는 자기가 꼰대인 줄 몰라 그게 좀 걱정이네요.

만각형의 세상

　초등학생 때 썼던 '배움공책'을 기억하나요? 저희 집 어린이도 초등학교 3학년이 되면서 학교에서 배움공책을 쓰게 됐어요. 그날 배운 것 중 가장 중요한 것을 공책에 적는데, 학교에서 다 적지 못하면 집에 가져와 써야 해요.

　하루는 연수가 수학에 대한 배움공책을 다 쓰지 못했다면서 집으로 가져왔어요. 그날 배운 건 도형이었어요. 삼각형과 사각형이었죠. 저는 아이 옆에 앉아 간략하게 도형을 설명한 후 적으라고 했어요.

　"연수야. 삼각형은 변이 세 개야. 직각삼각형은 직각이 하나 있는 거고. 사각형은 변이 네 개이고. 변이 다섯 개면 오각형이겠지?"

아이는 제가 말하는 걸 적지 않고 건들거리면서 다른 것을 묻기 시작했어요.

"엄마, 그럼 십각형도 있어?"

"그럼."

"그럼 백각형도 있겠다."

"당연하지."

"그럼 오백각형도?"

저는 아이가 얼른 배움공책을 쓰길 바랐는데 아이는 자꾸 딴 것만 묻는 거예요. 화를 꾹꾹 누르고 얼른 적으라며 재촉하는데 문득 깨달음이 들더라고요. 우리가 일상에서 보는 도형이 다가 아니라, 보다 더 많은 각을 가진 도형이 있다는 걸 말이죠. 원에 가까운 도형들은 무척 다양한 모습이 있을 수 있겠구나. 내가 살고 싶은 세상은, 그리고 앞으로 펼쳐질 세상이 그렇겠구나.

세상을 한번 도형으로 비유해 볼까요?

조선 시대까지만 하더라도 삶의 방식은 삼각형이었어요. 사람을 세 가지로 구분할 수 있는 거죠. 양반, 중인, 노비 이렇게요. 근대화가 이루어지면서 신분제가 폐지되고 이전에 없던 직업들이 생겨나기 시작했어요.

20세기 초반은 십각형의 시대였을 거예요. 1980년대에 태어난 사람들은 백각형의 시대를 살았어요. 그렇다면 여러분들이 살아갈 시대는 몇 각형일 것 같나요? 제가 이 질문을 하면 십 대들은 천각형, 만각형까지 이야기를 해요. 맞아요! 사회 변동 속도는 빠르고 많은 변화가 일어나고 있어요. 저는 여러분이 살아갈 세상은 지금 어른들이 살고 있는 세상보다 더 커지고 다양해질 거라고 확신해요. 그러니 어른들이 만들어놓은 틀에 여러분의 삶을 맞추려고 하지 마세요.

저는 세상에 정답이 있다고 믿었어요. 아마 제 또래의 어른들은 비슷하게 생각했을 거예요. 정해진 답이 있고 그걸 찾아가는 게 인생인 줄 알았죠. 그래서 틀리면 안 된다고 믿었어요. 하지만 전혀 아니었어요. 정답을 찾아가는 세상은 백각형의 시대까지였어요. 이제는 정답을 만들어가는 세상이에요. 내가 살고 싶은 삶의 모습이 기존 도형의 변이 아니어도 괜찮아요. 나는 새로운 변이 되면 되거든요.

십 대 시절, 주변 어른들은 제가 작가가 되는 걸 모두 반대

했어요. 부모님도 중학생 때 출간한 『가출일기』라는 책이 팔리는 걸 보시고는 작가라는 직업으로 먹고살 수 없다며 공부를 하라고 하셨죠. 학교 선생님들도 마찬가지셨어요. 공부를 해서 안정적인 직업을 가지라고요. 하지만 저는 작가가 되고 싶었고 결과적으로 작가가 되었어요. 작가가 되고 한 5년 정도 지났을 때였죠. 청주 한 고등학교에 강연을 갔는데, 그 학교 교장 선생님이 중학교 때 국어 선생님이셨어요. 선생님은 오랜만에 만난 제게 사과하셨어요.

"혜정아. 나는 세상이 이렇게 다양해질지 몰랐어. 그때 작가 되지 말라고 해서 미안하단다."

선생님은 이제 학생들에게 자기 세대를 기준으로 가르침을 주면 안 되겠다고 말씀하셨어요.

세상이 조금 다양해지면 좋겠어요. 다양해지면 더 재밌어지거든요. 제가 어릴 때는 '국민 가수', '국민 배우', '국민 드라마'라는 게 있었어요. 대부분의 사람들이 좋아하는 가수와 배우, 드라마가 정해져 있었던 거죠. 왜 그랬을까요? 그때는 연예인의 수도 많지 않았고 방영되는 드라마 수도 적었어요. 1990년대까지만 하더라도 시청률 20퍼센트에 못 미치는 드라마는 망했다고 할 정도였으니까요. 그 당시에는 방송국도 4개밖에 없었어요. KBS, MBC, EBS, SBS. (심지어 SBS는 제가 초등학교 6학년이 되어서야 전국 방송이 되었답니다) 그런데 지금은 어때요? 나름 유명하다고 하는 연예인을 모르는 십 대들도 아주 많아요. 초등학교에 강연을 가서 배우 조인성을 좋아한다고 말했는데 대부분의 아이들이 몰라서 깜짝 놀랐어요. 조인성이 얼마나 멋지고 유명한데 모를 수가 있지? 그런데 저희 집 어린이도 조인성을 모르더라고요.

아무리 유명한 배우라고 해도 모두가 다 같이 좋아하기는커녕 알고 있지도 않아요. 텔레비전보다 유튜브를 더 많이 보는 시대이기도 하니까요. 백만 명 구독자를 가진 유튜버일지라도 모르는 사람들이 더 많아요. 각자가 취향에 맞는 채널을 구독하다 보니, 국민이 아닌 '나만의'가 붙게 되는 거죠.

2030년에 존재할 직업 중 85퍼센트가 아직 생겨나지 않았다는 이야기를 들었어요. 앞으로 세상은 더 다양해지겠죠? 그러니 현재 기준에서 내가 원하는 삶의 방식이 없다고 걱정하지 말아요. 내가 새로운 변을 하나 더 만들면 세상은 그만큼 다양해지고 커다래질 거예요. 더 큰 각형이 될수록 더 큰 모형과 세상이 필요하니까요.

저는 여러분이 만들어갈 더 큰 N각형을 기대하고 응원하고 있을게요.

청소년 소설을 쓸 줄 몰랐지만

제가 자신 있게 다양한 방식의 세상을 이야기하는 이유가 있어요. 그건 바로 제가 직접 경험해 보았기 때문이랍니다. 앞에서 제가 어렸을 때 글을 잘 쓰지 못했다는 이야기를 했잖아요. 그런 제가 작가가 될 수 있었던 건 꾸준히 포기하지 않고 공모전에 작품을 냈기 때문만은 아니에요. 만약 지금까지 우리나라에 청소년 문학이라는 장르가 생기지 않았으면 저는 작가가 되지 못했을 거 같아요. 제가 쓰는 작품 속 주인공은 대부분 십 대거든요.『오백 년째 열다섯』이나『다이어트 학교』,『하이킹 걸즈』,『판타스틱 걸』등 제가 쓴 소설을 성인 대상으로 하는 공모전에 내면 뽑히기가 어려워요. 그렇다고 동화 공모전에 낼 수도 없어요. 동화를 읽는 독자들은 초등학생이라 동화 속 주인공도 대부분 초등학생 어린이거든요. 주인공 연령도 맞지 않고 무엇보다 분량도 동화보다 두꺼우니 공모 요강을 벗어나요.

요즘 십 대들을 만나서 예전에는 청소년 문학이 없었다고 하면 놀라요. 지금은 청소년 문학으로 나온 작품들이 아주 많기 때문이죠. 하지만 우리나라에 청소년 문학이 본격적으로 등장한 건 2007, 2008년쯤이에요. 제가 학생 때는 십 대가 주인공인 소설이 거의 없었어요. 그래서 제가 십 대가 주인공인 순정 만화에 더 열광했던 것 같아요.(순정 만화가 없었다면 제 십 대는 너무 암울했을 거 같아요. 감사합니다, 순정 만화를 만들어주신 작가님들!)

저도 2008년에 『하이킹 걸즈』라는 작품으로 상을 받아 작가가 될 수 있었어요. 만약 제가 1960년대생이었다면 40살이 훌쩍 넘어 청소년 문학 장르가 활성화 되었을 테니 뒤늦게 작가가 되었을 거예요.

우리나라에 아직도 청소년 문학이 자리 잡지 않았다면? 저는 작가가 되지 않고 다른 직업을 가졌을 거예요. 아무래도 이야기를 좋아하는 사람이니 이야기 관련 일을 하고 있을 거예요. 출판사에서 책을 만든다거나 영화, 드라마 제작사에서 기획을 하거나 홍보하는 일을 하지 않았을까요?

예전에는 교과서에 나오는 정통 문학을 쓰는 사람만이 작가라고 여겼어요. 실제로 작가라는 직업이 한정적이었거든요. 하지만 점점 다양한 세상이 되어 가다 보니 저도 청소년 문학이라는 한 장르의 작가가 되었어요. 제가 등단하고 처음 작가 생활을 시작할 때만 하더라도 현실적인 내용의 소설을 써야 한다고 생각했어요. 지금은 어디 그런가요? 현실을 바탕으로 하는 이야기보다 오히려 판타지, SF가 많아요. 앞으로 이야기는 점점 더 다양해질 거예요.

제가 경험한 분야에서 작가를 예로 들었을 뿐이지, 다른 직업들도 마찬가지예요. 지금 젊은 세대가 가고 싶어 하는 기업 중에 인터넷을 기반으로 하는 곳이 많아요. 제가 어린 시절에는 생각도 못 한 분야의 직업이죠. 컴퓨터와 관련된 직업은 컴퓨터를 직접 조립하고 만드는 회사만 생각했는데, 지금은 프로그래머도 많아지고 크리에이터도 유망 직종이에요. 여러분이 어른이 되었을 때는 또 어떤 직업이 새롭게 생길지 몰라요.

제가 청소년 문학 작가라는 새로운 직업이 생겨나서 작가가 되었기에 자신 있게 말할 수 있어요. 미래에는 여러분들이 예상하지 못한 직업이 생길 거라는 것을요!

　십 대 때 글짓기 대회에 나가서 상 받은 친구들은 작가가 되지 않았지만 저는 작가가 되었어요. 그런데 작가 중 어릴 때 글짓기 대회에 나가 상을 받은 작가보다 저같이 대회조차 나가지 못한 작가들이 훨씬 많답니다. 제가 주변 동료 작가님들께 물어봤거든요. 어릴 때부터 글을 썼냐고요. 그러면 하나같이 "별로", "그닥"이라고 하시더라고요.

　무언가를 하고 싶은데 잘하지 못하나요? 지금 잘 못해도 상관없어요. 그 대신 작가들은 대부분 저처럼 이야기는 좋아했더라고요. 만화책이든, 영화든, 소설이든 이야기 덕후들이 작가가 되고, 출판사에서 책 만드는 일을 하더라고요. 아무래도 지금은 덕후들의 세상인 것 같네요. 좋아하다 보면 아무래도 좋아하지 않는 사람보다는 더 관심을 가지겠죠? 또 더 잘하고 싶은 마음이 들 수밖에 없어요.

　나는 무슨 덕후인지 한번 생각해 보세요.

다양한 역할이 있으니

어느 날 지인이 반찬 가게를 열었다며 남편이 반찬을 사 왔어요. 그런데 사 온 반찬이 하나같이 다 맛있는 거예요. 집 근처에 있다면 단골이 되고 싶을 정도였어요. 아니나 다를까 그 반찬 가게는 너무 잘되어서 2호점을 준비하고 있다고 하 더라고요. 남편에게 반찬 가게 사장님이 요리를 엄청 잘하시 는 것 같다고 말하니, 남편이 그러길 사장님은 요리를 전혀 못한대요.

"대신 그 사장님은 맛있는 걸 기가 막히게 잘 알아."

저는 여전히 세상을 바라보는 시야가 좁은 것 같아요. 반찬 가게 사장님은 무조건 요리를 잘해야 한다고 생각했으니까요. N각형의 세상에서는 잘하는 것만큼 잘 아는 것도 중요해요. 다양하지 않은 사회에서는 잘하는 사람이 직접 무언가를 해야 하잖아요. 그런데 세분화된 세상에서는 꼭 잘하지 않아도 할 수 있는 다양한 역할이 생겨나요.

2020년 도쿄올림픽에서 우리나라 여자 배구팀 감독이었던 스테파노 라바리니는 본래 배구 선수가 아니었대요. 보통 선수 출신들이 감독이 되는데, 그는 처음부터 배구를 잘한 게 아니라 '잘 아는' 지도자였다고 하더라고요. 배구를 잘한다고 배구를 잘 지도할 수 있는 건 아닐 거예요. 선수일 때는 잘했지만 지도자로서는 역량을 발휘하지 못하는 경우도 많거든요. 작가 중에도 글을 쓰다가 가르치는 걸 더 잘해서 창작 학교를 운영하는 분도 계세요.

잘하는 것을 더 잘할 수 있게 만드는 건 '잘 아는' 사람들이에요. 저도 작가로서 책을 내기 전에는 책을 내는 일에 작가와 편집자만 있으면 된다고 생각했어요. 하지만 절대 그렇지 않더라고요. 작가인 제가 책을 내는 과정에서도 잘 아는 이들의 여러 역할이 필요해요.

우선 글을 잘 쓰는 작가를 알아보는 편집자의 안목이 중요해요. 초고 상태는 부족한 것 같아도 이걸 잘 다듬으면 훨씬 더 좋아지겠다는 걸 아는 편집자는 작가와 한 팀이 되어 원고를 업그레이드시켜요.(신인 시절 저의 선생님은 편집자였고 지금도 편집자의 도움을 많이 받는답니다) 그러면 본문 원고가 완성되었다고 책이 그냥 만들어질까요? 독자에게 눈길을 끄는 표지 디자인을 만드는 것은 디자이너예요. 표지나 본문의 일러스트 작가를 찾는 것도 디자이너가 한답니다. 그렇게 책이 만들어지면 이 책을 세상에 알리는 것은 영업부와 마케팅팀이 맡아서 해주세요. 요즘에는 AI팀이 있는 출판사도 생겨나고 있어요. 책 한 권이 만들어지는 과정에는 작가만 있는 게 아니랍니다.

이렇게 보니 잘 아는 게 잘하는 거네요. 잘하는 분야는 점점 늘어나고 있어요. 예를 들어볼까요?

현재에 제가 어렸을 때는 없었던 직업이 많이 생겨났어요. 10년 전 이사를 하는데 이삿짐센터에서 시범적으로 해보고 있다며 '정리 수납 전문가'를 집으로 보내주셨어요. 그당시에는 정말 생소한 직업이었어요. 집 정리는 그 집에 사는 사람이 하는 게 당연하다고 여겼는데, 서비스를 받아보니 전문가는 달랐어요. 물건을 체계적으로 구분하고 정리해 주시더라고요. 이제는 정리 수납 전문가 자격증도 생기고, 그 서비스를 요청하는 사람도 늘어나고 있어요. 지인 중에도 회사를 다니며 정리 수납 전문가 자격증을 딴 사람이 있어요. 원래 정리를 좋아해서 제2의 직업으로 생각하고 있다고 하더라고요. 20년 전에는 정리 잘하기가 직업으로 이어질 거라 생각도 못 했답니다.

강아지 유치원 선생님, 유품 정리가, 여행 플래너(여행 경험이 많아 여행 계획을 대신 짜주는 사람)는 제가 어릴 때는 없었지만 몇 년 전부터 하나둘 생겨난 직업이에요. 여러분이 어른이 되었을 때는 훨씬 더 다양한 분야의 직업이 생겨날 거랍니다.

잘하는 것뿐만 아니라 '잘 아는 것'도 나만의 무기가 된답니다. 작가를 그만두게 되면 무슨 일을 할 거냐는 질문을 받은 적이 있어요. 내가 잘 아는 게 무엇일까 생각해 봤더니 역시 '글쓰기'뿐이네요.

저는 남들보다 글을 많이 써봤으니까 글을 잘 쓰고 싶은 사람들에게 글쓰기를 가르칠 수 있을 것 같아요. 또 남들보다 책을 더 많이 읽었으니까 재밌는 이야기를 알아보는 능력도 조금 있는 것 같고요. 그러니 이야기를 기획하는 일을 할 수 있을 거예요.

내가 좋아하는 것을 잘 개발하면 이렇게 나만의 전문 분야를 만들 수 있어요.

평균의 진짜 의미

저는 머리숱이 꽤 많은 편이에요. 그래서 미용실에 갈 때마다 눈치가 보이더라고요. 아무래도 손이 많이 가는 손님이다 보니 미용사분들이 종종 한마디씩 하세요.

"손님, 참 숱이 많으시네요."

칭찬보다는 어려운 손님이라는 뜻으로요.(말투에서 감탄보다 한숨이 느껴지니까요) 한번은 어떤 미용사가 제게 "스트레스를 덜 받으셨나 봐요. 스트레스 좀 받아보세요. 그러면 머리숱이 좀 줄어들 거예요"라고 말하는 거예요. 그때 기분이 조금 상했어요. 제가 머리숱이 많아서 고민이라 말한 것도

아닌데요. 저는 머리숱 많은 걸 만족스러워하거든요.(그다음부터 그 미용실은 가지 않는답니다)

저는 그 일이 있고 난 후 친한 친구 S에게 차라리 미용실에서 숱 많은 손님은 추가 요금을 받으면 좋겠다고 하니 S는 신경 쓰지 말라고 했어요.

"나처럼 숱 없는 손님도 있잖아. 그렇다고 나한테 돈을 덜 받지 않아. 너처럼 머리숱 많은 손님도 있고, 나처럼 적은 손님도 있으니 결국은 쌤쌤(같다는 뜻)이야."

듣고 보니 맞는 말이었어요. 사람들의 머리숱이 모두 똑같지는 않으니까요. 같은 모양의 옷이지만 사이즈는 달라도 가격은 다 같아요. 제일 큰 사이즈를 입는 제 입장에서는 옷감의 양이 더 많은데 가격이 같은 게 고마운 일이죠. 그런데 그게 가능한 건 작은 사이즈의 옷도 있기 때문이에요. 결국은 그렇게 평균이 맞추어지는 거예요.

평균 점수, 평균 연봉, 연평균 기온, 나이대별 평균 몸무게와 키 등 세상에서 수치화할 수 있는 건 모두 평균이 붙어요. 많은 사람들이 평균 정도만 살아도 좋겠다고 말하기도 하고요. 평균은 중간을 이야기해요. 그런데 사실 이 평균은 모든 것을 다 합친 후 그 수만큼 나눈 것뿐이에요. 절대 평균이 정상이고 평균을 넘어서거나 못 미치는 게 비정상은 아니에요. 그럼에도 많은 사람들이 평균과 차이가 날때 조바심을 내죠.

보통과 평균을 같은 의미로 여기는데 둘은 달라요. 보통은 특별하지 않고 흔히 볼 수 있는 것을 이야기해요. 뛰어나지도 열등하지도 아니한 중간 정도를 말하죠. 무언가를 특별히 잘하거나 잘 못한다고 보통의 삶을 살지 않는 건 아니에요. 제가 생각하는 보통의 삶은 연일 화제가 되어 (좋은 쪽으로든 나쁜 쪽으로든) 뉴스에 등장하지 않는 거랍니다.

저도 평균을 넘어서거나 못 미치는 것들이 많아요. 우선 머리숱은 평균 이상이고, 몸무게도 평균 이상이고, 또래의 여성보다 많이 먹고, 또래 사람보다 책을 많이 읽어요. 반대로 운동신경과 운동 이해력, 공감각적 이해는 평균 이하예요. 평균에 가까운 것보다 평균을 넘어서거나 못 미치는 것이 대부분이에요. 그래도 저는 보통의 삶을 살고 있다고 믿어요.

평균 점수에 미치지 못했다고 조바심 낼 필요 없어요. 부족한 나 역시 평균을 만들고 있거든요. 반대로 평균 점수보다 높다고 내가 월등히 뛰어난 사람도 아니랍니다. 너무 자만하지 마세요. 모든 사람이 다 똑같은 수치로 산다는 건 다양성이 제로라는 거예요.

모든 사람이 다 공부를 잘할 수 없어요. 잘하는 사람도 있고 못하는 사람도 있어요. 운동도 마찬가지예요. 각자가 잘하는 것을 하면 되고, 못하는 건 다른 데서 도움을 받으면 돼요. 모든 사람이 다 요리를 좋아하고 잘하면 누가 식당을 가겠어요? 모두가 다 요리만 한다고 하면 다른 일은 누가 합니까? 요리 잘하는 사람, 잘 돌보는 사람, 재밌는 콘텐츠를 만드는 사람, 혼자 연구하는 것을 좋아하는 사람, 정리를 잘하는 사람 등 세상에는 수많은 사람들이 있답니다. 그렇게 사회가 만들어지는 거예요. 다들 한 가지만 잘해서 그것만 하려고 하면 우아, 생각도 하기 싫어요.

평균은 말 그대로 평균일 뿐이에요. 절대로 평균이 정답이 아니니 평균의 진짜 의미를 잊지 마세요.

꿩을 기르는 법

꿩 농장 다큐멘터리에서 보았는데 야생 꿩이 울타리가 열려도 도망치지 않고 농장 안에 가만히 있더라고요. 비법이 따로 있었어요. 전혀 생각하지 못한 방법이라 충격을 받았지만 어쩌면 어른들이 여러분에게 하는 것과 비슷하기도 해요. 뭘까요?

강연에 가서 이 질문을 하면 아이들의 대답은 다양해요.

"날개 죽지를 살짝 잘라요."

"바깥은 위험하니 나가지 말라고 해요."

"무조건 잘해줘요. 도망갈 생각 아예 못 하게요."

답을 맞힌 사람은 없었어요.

꿩이 도망가지 않는 이유는 '안경'을 쓰고 있기 때문이었어요. 꿩의 안경은 무척 특이해요. 앞이 막혀 있어서 옆만 볼 수 있는 안경이거든요. 꿩의 야생성을 없애기 위해서는 이 안경이 꼭 필요하다고 하네요. 그렇지 않으면 농장 안에서 꿩의 다툼이 심해져 크게 다친대요.

인간에 의해 갇혀 있는 다른 동물들도 대부분 마찬가지만 안경을 쓴 꿩은 더 안되어 보였어요. 앞을 보지 못하고 옆만 보고 살아야 한다니요.

그런데 문득 저 자신이 안경을 쓴 꿩과 다름없다는 생각이 들었어요. 앞은 보지 못하고 옆만 계속 살피고 있을 때가 많거든요. 저뿐만이 아니라 많은 사람들이 꿩의 안경을 쓰고 있어요. 더 안타까운 건 어른들이 자신만 쓰는 게 아니라 주위에 있는 어린이와 청소년에게도 이 안경을 씌워버려요. 주변 사람과 계속 비교하게 만드는 거죠.

'지금 네 친구는 벌써 선행을 어디까지 했대', '다들 공부하고 있는데 왜 너만 그렇게 놀고 있니?'

어른들에게 많이 들어본 말이죠? 어른들도 꿩의 안경을 쓰고 있기 때문에 불안해하고 조바심을 내요. 우리 아이가 늦은 게 아닐까, 남들은 다 하는데 우리 아이만 못 하면 어쩌지? 하고 말이에요. 앞은 보지 못하고 옆만 보고 살면 사람도 꿩처럼 갇혀 지낼 수밖에 없어요. 날개가 있지만 날지 못한 채 작은 틀에서 살아가야 하는 거죠.

여러분이 어른으로 살아갈 세상은 지금이 아니에요. 2030, 2040년인 훨씬 더 미래예요. 지금 다른 사람들과 비교했을 때 잘하지 못할 수도 있어요. 나만 뒤떨어질 수도 있어요. 하지만 그렇다고 해서 앞으로도 그럴 거라고 여겨서는 안 돼요.

옛날 어른들은 학교 성적이 인생 전체를 좌우한다고 믿었어요. '행복은 성적순'이라는 말까지 있었지 뭐예요.(제가 어렸을 때는 「행복은 성적순이 아니잖아요」라는 영화가 나와서 크게 흥행을 했어요) 예전에는 그 믿음이 어느 정도 맞았을 거예요. 저도 학생 때 어른들에게 그런 이야기를 많이 들었어요. 그런데 제가 어른이 되어 살아본 세상은 아니더라고요.

학교 성적은 '성실성'과 '공부 지능'이 합해져 산출되기에 이 둘이 뛰어난 사람이 좋은 결과를 내요. 하지만 세상에는 운동 경기도 한 가지만 있지 않잖아요? 단거리 달리기에서는 '속도'가 가장 중요하지만, 모든 경기가 속도만 빠르다고 잘할 수 있는 게 아니잖아요. 같은 달리기여도 마라톤은 지구력이 훨씬 중요해요.

구기 종목은 여러 사람과 어울리며 화합하는 능력이 필요해요. 구기 종목이라고 다 같나요? 축구 선수와 농구 선수, 배구 선수에게 필요한 덕목은 다 다른걸요. 한 종목의 운동 선수가 다른 운동 종목까지 다 잘하지 않고, 꼭 다 잘할 필요도 없어요. 게다가 스포츠의 영역은 점점 더 확장되고 있어요. 아시안게임과 올림픽에서 E스포츠가 정식 종목으로 채택될 거라고 누가 생각이나 했겠어요? 모두가 다 같은 종목의 경기를 하고 있지 않은데 고작 성적 하나로 틀에 가두어서는 안 돼요.

세상은 계속 새롭게 변하고 있는데 나만 이걸 모른 채 현재에 멈추어 있으면 좀 억울하지 않을까요? 옆 사람들하고 비교 하다 보면 결코 앞으로 나아갈 수 없어요. 제발 옆 사람과 비교하지 마세요. 현재라는 틀에 나를 가두지 마세요.

자, 그러니까 잊지 말고 가끔씩 확인해 보는 게 어떨까요? 내가 스스로 꿩의 안경을 쓰고 있는 게 아닌지 말이에요.

5부

아직 스케치를
하는 중이야

"하지만 이런 인생도 재미는 있어! 앞으로 나한테 또 어떤 일이 벌어질까?
동화책 속에서 일어나는 일들은
절대로 현실에서는 일어날 수 없다고 생각했는데,
지금 내가 바로 그런 일들 한가운데 있잖아!."

루이스 캐럴, 『이상한 나라의 앨리스』, 시공주니어

미래 기억하기

　십 대 시절의 제 상황을 설명할 수 있는 단어들이 몇 개 있어요. 그중 하나가 '막막하다'였어요. 답답함을 넘어서서 꽉 막힌 기분이 들 때가 자주 있었거든요.

　인생을 그림으로 따지자면 십 대는 밑그림, 스케치를 구상하는 단계예요. 주제어를 제시해 주고 그리라고 하면 오히려 쉬울 텐데 주제는 '자유'예요. 자기가 그리고 싶은 그림을 마음대로 그려야 해요. 그러다 보니 가장 많은 생각을 할 때예요. 연필을 들고 어떻게 그려야 하나 싶어 도화지를 내려다보면 텅 비어 있어요. 무엇을 그려야 하는 지도 잘 모르겠지요. 막상 밑그림을 그리기 시작하면 이게 맞는지, 틀린 건 아닌지, 지우고 다시 그려야 하는 게 아닌지 엄청 고민돼요.

좋은 대학은 가고 싶은데 성적은 오르지 않고, 작가가 될 건데 꼭 공부를 해야 하나 싶다가도, 작가가 될 수는 있을지 의심이 되고, 어쨌든 집을 떠나고는 싶으니까 서울에 있는 대학을 가려면 공부를 해야 하나 싶고, 하지만 성적은 오르지 않고. 이 과정의 반복이었던 것 같아요.

현재에 붙잡혀 답답함을 느끼고 있을 때면 미래를 떠올려 봤어요. 미래의 나는 어떤 모습으로 살고 있을까? 내가 원하는 모습은 무엇이지? 그래서 미래로 가서 제 자신에게 편지를 썼어요. 서른다섯 살의 제가 열다섯 살의 저에게 편지를 쓰는 거예요.

안녕, 혜정아. 지금은 2017년이야. 나는 서른다섯 살이 되었고, 네가 원하는 작가도 되었어. 지금 공부도 하기 싫고 작가도 안 될까 봐 걱정하고 있지? 걱정할 거 없어. 너는 아주 잘되었으니까.

대략 이런 내용이었어요. 저는 자주 미래로 가서 현재의 저에게 편지를 써주었답니다. 스스로를 안심시키기 위한 방법이었지만 신기하게도 정말 마음이 안정되었어요.

40대가 된 저는 인생의 밑그림을 다 그리고, 그 밑그림에 색칠을 하고 있어요. 색칠만 하는 건 쉬울 줄 알았는데 그것도 아니네요. 틀리면 다시 벗겨내거나 덧칠하는 식으로 계속 칠하고 있어요. 사춘기를 겪던 십 대만큼은 아니지만 사십 대도 사십 대만의 어려움이 있더라고요. 그래서 지금도 종종 미래로 가서 편지를 쓴답니다. 10년 후나 20년 후로 가서 말이에요.

저 혼자만의 소소한 위안이라고 생각했는데 실제로 뇌 과학자들은 '뇌가 과거만 기억하는 것이 아니라 미래도 기억한다'고 말합니다. 인간과 유인원의 뇌를 비교해 보면 인간은 전전두엽(뇌 속의 뇌)이 발달했다고 해요. 이 부분이 미래를 계획하고 설계하는 기능을 한대요.

미래의 일을 실제로 일어난 것처럼 선명하게 기억하다 보면, 그린 대로 살아가게 스스로를 만든다는 거예요. 과거는 이미 지나왔기에 바꿀 수 없어요. 하지만 미래는 내 뜻대로 만들어갈 수 있답니다.

현재를 살아가는 건 중요해요. 하지만 현재는 홀로 있지 않아요. 저는 제 왼손에는 과거가, 오른손에는 미래가 함께 있다고 생각해요. 왼손과 오른손을 한 번씩 봐주세요.

왼손을 한번 볼까요? 예전에 나를 괴롭게 했던 문제와 어려움은 대부분 사라졌어요. 내가 노력해서 나아지기도 했지만 시간이 지나면서 저절로 해결된 것들도 있죠. 그것처럼 현재 겪고 있는 문제도 시간이 지나면 사라지거나 나아질 거예요.

이번에는 오른손을 봐요. 현재가 어려우면 미래가 있다는 것을 기억하세요. 사람은 언제까지 한 나이에 머무르지 않거든요. 어떤 선택을 내려야 할지 고민될 때, 저는 오른손의 나에게 물어요. 10년 후 미래의 나라면 과연 어떻게 할까? 하고 말이에요.

어렵고 힘든 십 대를 보내고 있는 이들이 꼭 기억했으면 좋겠어요. 10년 후, 20년 후 그리고 더 먼 미래의 '나'가 있다는 걸요. 내가 원하는 나의 모습, 어쩌면 상상도 못 한 더 근사한 모습으로 살고 있을 나를 만나러 가야죠. 미래의 '나'가 지금의 '나'를 기다리고 있거든요.

막막할 때 오른손을 꽉 쥐세요. 그리고 오른손의 나에게 물어보세요. 지금 나 어떻게 할까, 라고요. 그러면 미래의 내가 힌트를 줄 거예요. 현재의 내가 아닌 미래의 나에게 물어보는 것도 방법이랍니다. 이번에는 여러분의 미래이기도 한 제가 대신 말해드릴게요.

"지금 어렵고 힘든 거 알아. 조금만 더 힘내. 잘 견디고 있는 네가 기특하고 대견해. 미래의 너는 걱정보다 잘되어 있어. 그러니 너무 걱정하지 말고 미래의 네가 있는 곳까지 천천히 걸어와."

내가 기억하는 세 가지 미래

　돌이켜 보면 제가 십 대 시절에 늘 기억하던 미래의 다짐이 있었어요. 저는 그때 늦게 자고 늦게 일어나는 사람이었기 때문에 학교에 다니는 게 꽤 힘들었어요. 오전에는 늘 멍한 상태로(졸기도 많이 졸았네요) 지냈어요. 그렇게 힘들게 등교할 때마다 생각했어요.

　'나중에 어른만 되어봐라. 난 절대 출근하는 일 안 할 거다. 내가 일하고 싶은 시간에 일하는 사람이 될 거야.'

　또 한 가지가 더 있어요. 글은 쓰고 싶은데 학교에 다니다 보니 글 쓸 시간이 거의 없었어요. 그럴 때마다 다짐했죠.

'작가만 되어봐라. 그때는 시간에 얽매이지 않고 쓰고 싶은 글 실컷 쓸 거다.'

이 두 가지를 늘 기억했기 때문일까요? 저는 정말로 회사도 다니지 않는 프리랜서 작가이고, 원하는 시간 아무 때나 글을 쓰고 있어요. 이게 바로 미래 기억의 효과인가 봐요.

미래 기억의 효과를 봤으니 이제 또 다른 미래를 기억해 보려고요. 기억하는 미래를 만들어가기 위해서는 오늘의 노력이 필요해요. 제가 기억하는 미래를 세 가지 소개할게요.

첫 번째는 스무 살이 된 아들 연수와 맥주 마시기.

지금 연수는 열 살이에요. 그러나 언제까지 어린이가 아닐 테고 청소년 시기를 지나 어른이 되겠죠? 지금은 어리니까 제가 가자고 하면 어디든 따라와요. 하지만 연수가 어른이 되고 나면 자기가 하고 싶은 대로 할 수 있어요. 부모인 저와 밥을 먹으러 가기 싫으면 안 갈 거예요. 만약 제가 자라는 동안 상처를 주는 부모가 되면 연수는 저와 맥주를 마셔주지 않을 거예요. 그렇기 때문에 저는 연수에게 화낼 일이 있으면 다섯 번 중에 세 번은 꾹꾹 참습니다.

두 번째는 나의 작품이 미국 넷플릭스 오리지널로 만들어지기.

미국 넷플릭스 오리지널이 되려면 우선 제 작품이 영미권 번역이 이뤄져야 할 거예요. 제 작품들은 일본이나 러시아, 대만, 튀르키예 등 다양한 나라에 번역 출간 되었지만 영미권에 소개된 작품은 없어서 아쉬워요. 영미권 어린이와 청소년도 제 작품을 읽을 날이 오길 바라며 이야기를 만든답니다. 미래에 미국 넷플릭스 초청을 받아 시사회에 참석하는 모습을 상상하면 벌써 신이 나요.

세 번째는 귀여운 할머니가 되어 주말에 브런치를 먹으러 다니기.

이를 위해서 어떤 노력을 해야 할까요? 돈이 필요하다고요? 아뇨, 우선 살아 있어야겠죠! 그때까지 살아 있기 위해서는 건강 관리를 잘해야 해요. 맛있는 음식을 먹으려면 위와 이도 건강해야겠죠? 술이 건강에 좋지 않다는 것을 알기에 그걸 상쇄하기 위해 달리기와 발레핏 운동을 꾸준히 하고 있어요. 외식을 하기 위한 돈도 잘 저축하고 있답니다.

자, 이건 제가 기억하는 세 가지 미래예요. 여러분은 어떤 미래를 기억하고 있나요?

얼마 전에 무척 반가운 SNS 메시지를 받았어요. 어떤 분이 중학교 3학년 때 제 강연을 들었는데. 지금은 대학을 졸업하고 뉴욕에서 인테리어 디자이너 인턴을 하고 있다며 소식을 알려줬어요. 이 메시지를 받고 얼마나 반가웠는지 몰라요. 마치 제가 뉴욕에 있는 것처럼 신나고, 제 동생이 잘된 것처럼 기특하더라고요.

그 이후로 강연장에서 만나는 십 대들의 미래를 상상해 보는 시간을 가져요. 지금은 중학교, 고등학교에 있지만 5년 후, 10년 후에는 아닐 테니까요. 그때 여러분들은 어떤 모습으로 살고 있을까요? 제 미래도 아닌데 괜히 제가 다 설레네요.

이 글을 읽은 여러분이 10년 후 제게 메시지를 보내는 미래를 떠올립니다. 저 10년 전 중학생 때 작가님 책 읽었는데요, 로 시작하는 메시지요.

"지금 파리에서 여행 작가로 살고 있어요."

"제 이름으로 된 베이커리를 차렸어요."

"저 유튜브에서 실버 버튼 받았어요. 작가님도 구독해 주세요."

"작가님에 대한 평론을 썼어요. 읽어주세요."

이렇게 다양한 메시지가 쏟아질 수 있겠죠? 여러분의 미래를 제가 누구보다 응원하며 기다리고 있다는 것을 기억해 주세요.

기대하지 않았던 일들
-초당 옥수수와 발레핏

어른이 되고 싶지 않다는 십 대들을 만나면 미안한 마음이 들어요. 그들은 어른으로 살아본 후 그렇게 말하는 게 아니니까요. 이들의 눈에 비친 어른의 모습은 별로 부럽지 않으니까, 어른들이 매일 사는 거 힘들다고 말하니까 어른의 삶을 기대하지 않아요. 하지만 어른들이 얼마나 '앓는 소리'를 많이 하는데요! 어른들에게 "그럼 십 대로 돌아갈래요?" 하면 그건 싫다고 해요. 어른이 힘들기만 한 건 아니니까요. 어른이 되어서 할 수 있는 게 얼마나 많은지 몰라요. 제가 이렇게 말하면 십 대들은 "그래도 일하는 거 힘들잖아요", "돈 버는 거 어렵잖아요", "책임질 게 많잖아요"라고 대답해요. 어휴, 학교 다니는 건 안 힘들어요? 공부하는 건 뭐 쉽나요?

제가 첫 번째로 낸 에세이 제목이 『시시한 어른이 되지 않는 법』이었어요. 어른이 된 이후 제 목표가 시시하지 않게 살기였거든요. 그런데 한 학생이 저에게 묻더라고요.

"작가님, 저희 부모님은 무척 평범하게 살고 계세요. 저도 평범하게 살고 싶은데 평범하게 시시한 건가요?"

평범한 게 시시한 건 절대 아니에요. 영화나 드라마로 비유하자면, 어떤 드라마는 너무 재미있어서 다음 회를 기다리잖아요. 반면에 또 어떤 드라마는 유명한 배우가 나오고 제작비를 많이 썼다고는 하는데 재미가 없어서 보다가 말아요. 왜 그럴까요? 더 이상 다음 내용이 궁금하지 않기 때문이죠. 시시하다는 건 다음 내용이 궁금하지 않은 거예요. 삶도 마찬가지예요. 화려하게 산다고 시시하지 않은 게 아니니까요.

저는 여러분이 내일을 기대하면서 살면 좋겠어요. '어른이 되어봐야 뭐 하나. 일하는 거 힘들지, 돈 버는 거 힘들지.' 아뇨! 힘만 들지 않아요. 재밌는 것도 많아요. 시험 안 보는 것도 좋아요. 어른 되면 학교만큼 등수를 매기지도 않아요.

돈 버는 게 힘들긴 해도 내가 번 돈을 눈치 보지 않고 쓸 수 있어요.

저는 어른이 되어 좋은 게 더 많았어요. 어른이 되고 나서 생각지 못한 재미도 많이 찾았어요. 저는 제가 집에만 있는 걸 좋아한다고 여겼거든요. 하지만 스무 살이 넘어 처음 해외여행을 가게 되었는데 낯설지만 신기하고 재밌더라고요. 또 여름에 마시는 맥주는 얼마나 시원한지 몰라요.

3년 전부터 일주일에 두 번씩 발레핏을 하고 있어요. 발레핏은 발레와 피트니스를 합친 운동이에요. 네다섯 명이 함께 수업을 들어요. 어렸을 때는 제 인생에 발레라는 운동은 절대로 없을 줄 알았어요. 보통 발레는 마른 사람들이 하니까요. 그런데 발레핏이라는 새로운 운동이 생긴 후 저도 정식 발레는 아니지만 발레 동작을 조금씩 배우고 따라 하고 있어요.

물론 지금도 거울에 비친 제 모습을 보며 속으로 '음, 나만 역도 선수 같군' 생각하곤 하죠. 다들 몸에 쫙 달라붙는 레깅스를 입고 하는데 저는 발레리나보다는 역도 선수에 더 가깝거든요. 그래도 상관없어요. 수업을 듣는 시간만큼은 내가 블랙스완이다, 하는 마음으로 하고 있답니다. 발레 동작을 하는 제 모습을 한 번도 상상해 본 적이 없는데 이제는 제 취미라고 당당하게 말할 수 있게 되었어요.

그리고 여름이 되면 초당옥수수를 꼭 먹어요. 저는 옥수수를 좋아하지 않아요. 진득하기만 한 걸 무슨 맛으로 먹을까 싶어 어릴 때는 거의 먹지 않았어요. 먹을 때마다 이에 끼기나 하고 귀찮잖아요. 그런데 몇 년 전에 '초당옥수수'라는 품종이 세상에 새로 나왔어요. 아삭아삭하고 아주 달지요. 초당옥수수를 먹을 때마다 감탄해요. 내 입맛에 맞는 옥수수가 개발될 줄이야. 냉동고에 얼려두면 여름이 지나도 먹을 수 있다고 하더라고요. 그래서 얼마 전에 냉동실에 넣어둔 초당옥수수를 먹었는데, 생옥수수 맛이 나지는 않더라고요. 아쉽지만, 내년 여름을 다시 기약해야겠어요.

이 밖에도 어른이 되어 처음 먹게 된 음식이 있어요. '성게알'을 처음 먹고 맛있어서 얼마나 놀랐는지요. 저는 여름이라는 계절을 좋아하지 않았는데 초당옥수수와 성게알을 알게 된 이후 여름을 좋아하게 되었답니다.

어른이 되어 돈을 번 후에 자유롭게 해외여행을 갈 수 있게 되었어요. '태국'은 제가 가장 좋아하는 나라예요. 친절한 사람들과 맛있는 먹거리, 가성비 좋은 호텔 등 자주 갈 수 없지만, 언젠가 또 태국을 갈 수 있다는 생각을 하면 마음이 편해지고 저도 모르게 웃음이 나와요.(저는 태국을 너무 사랑해서 태국 도시 '치앙마이'를 배경으로 한 『디어 시스터』라는 소설도 썼답니다)

저는 어릴 때, 아니 5년 전만 하더라도 기대하지 못했던 것을 즐기고 있어요. 그렇기에 5년 후의 제 삶이 기대가 돼요. 그때 저는 또 무슨 운동을 하고, 무슨 먹거리를 즐기고 있을까요?

나의 내일을, 미래를 조금 기대해 보는 게 어때요? 삶은 생각보다 근사하거든요. 생각지도 못했던 즐거움과 재미가 기다리고 있어요. 5년 후 여러분은 지금은 상상하지 못한 것을 즐기고 경험하고 있을 거예요.

저는 웬만하면 콩을 먹지 않는데(오징어 땅콩 과자도 먹지 않는답니다), 또 모르죠. 5년 뒤에는 제 입맛을 사로잡을 콩이 나올 수도요. 그러니 우리의 미래를 같이 기대해 봐요!

기다림의 즐거움

2002년 여름하면 자동으로 떠오르는 게 있어요. 바로 2002년 한일 월드컵이에요!(아아, 그 당시 태어나지 않은 여러분은 역사적 사건으로만 기억하겠죠)

그 당시 저는 월드컵에 전혀 관심이 없었어요. 운동하는 것을 좋아하지도 않고, 경기를 보는 것도 별로 좋아하지 않았으니까요. 열세 살에 우지원 농구 선수에게 빠져 「농구대잔치」라는 프로그램을 본 게 다였어요. 농구 경기와 비교했을 때 축구 경기는 재미가 없었어요. 90분 내내 뛰어도 한 골도 나오지 않는 경우도 있으니까요.

저는 축구 경기를 제대로 본 적도 없었고, 축구도 잘 모르기에 한일 월드컵이 열린다고 해도 별 감흥이 없었어요. 주변 친구들이 직접 월드컵 직관을 간다고 흥분하는 걸 보고도 그냥 그런가 보다, 했죠. 친구들을 따라 우리나라 예선 경기 응원을 하러 서울 시청 앞에 가긴 했어요. 그렇지만 월드컵보다 친구들과 같이 있다는 게 더 좋았을 뿐이에요. 그러고 다른 경기는 찾아보지 않았으니까요.

한번은 우리나라 경기가 있던 날, 제가 살던 곳 근처인 청주 시내에서 친구를 만났어요. 저녁 7시밖에 되지 않은 시간인데, 상점이 다 문을 닫았더라고요. 길거리에 사람이 하나도 없었어요. 저와 친구 빼곤 아무도 없기에, 재난 영화에 나오는 것처럼 조금 으스스하기도 했어요. 중학생 때부터 수차례 청주 시내를 돌아다녔지만, 그런 광경은 처음이었죠. 저랑 친구는 "너랑 나 빼고 다 월드컵 보고 있나 봐" 하는 이야기를 주고받으며 그 거리를 돌아다녔어요.

그리고 8년이 지난 후의 일이에요. 그 당시 저는 아이를 낳기 전이라 밤낮을 바꿔 생활했어요. 새벽에 홀로 깨어 있다가 우연히 텔레비전을 켰어요. 그때 2010년 남아프리카공화국 월드컵 경기가 중계 중이었어요. 어느 나라 경기였는지 정확히 기억나지 않지만, 우리나라 경기는 아니었어요. 축구 규칙을 거의 몰랐는데 보다 보니 재미있더라고요. 다음 날 다른 경기가 열린다고 해서 또 봤어요. 그렇게 16강부터 보게 된 월드컵 경기를 8강, 4강, 결승까지 챙겨 보게 되었어요. 시간이 흐르고 2014년이 되었어요. 이번에는 월드컵에 관심이 생겨서 예선부터 경기 일정을 체크해 가며 찾아봤어요. 메시가 소속된 아르헨티나가 우승을 하지 못해서 속이 상했죠. 2018년, 2022년에도 당연히 월드컵 경기를 80퍼센트 이상 챙겨 봤어요. 2022년에는 메시의 아르헨티나가 우승해서 얼마나 기뻤는지 몰라요.

시상식이 끝난 후에는 마음이 텅 빈 기분이었고, 곧바로 인터넷으로 2026년 월드컵 일정을 찾아보았어요. 그걸 확인하니 마음이 충전되는 것 같더라고요. 4년만 기다리면 월드컵은 또 찾아오니까요. 그리고 그로부터 3년이 지났고, 다음 월드컵까지 1년이 남았어요. 지금도 월드컵 경기를 볼 생각을 하면 가슴이 설레요. 게다가 앞으로 1년밖에 남지 않았으니까요!

무언가를 기다린다는 건 미래의 등을 하나 켜놓는 일이에요. 다가올 미래는 미지의 영역이죠. 그렇기에 걱정이 되고 불안하기도 해요. 하지만 기다리던 무언가를 만나게 되는 순간, "내가 잘 왔구나" 안도할 수 있어요. 그리고 그걸 만나러 더 열심히 달려갈 수 있어요.

제가 월드컵 외에도 기다리는 것들은 또 있어요. 제 책이 영화화가 되면 좋겠고, 포르투갈에 가서 에그라르트를 한번 먹어보고 싶고, 연수가 성인이 되는 날 함께 맥주를 마시고 싶어요. 종종 노트에 내가 기다리는 일들을 적어봐요. 잊고 있다가 다시 노트를 꺼냈을 때 이미 이룬 것들을 보면 뿌듯하고, 아직 이루지 못한 것들을 보면 힘을 얻어요. 기다리는 것, 기대하는 것은 제가 살아가는 이유이기도 해요. 아무것도 기대하지 않으면 아무 일도 일어나지 않아요. 어떤 일이 찾아오더라도 모르기에 그냥 보낼 수밖에 없어요.

뉴스를 보면 답답해질 때가 많아요. 정치 뉴스를 보면 한숨이 나오고, 사회 뉴스를 볼 때면 화를 참기가 어려워요. 도대체 사회가 왜 이 모양인가 싶어요. 그럴 때면 나에게 했던 것처럼 나아질, 달라질 사회를 그려봐요. 지금보다 좋아질 세상을 생각하면 마음이 좀 가라앉아요. 그렇다고 무작정 잘 될 거라 생각하지는 않아요. 개인의 한 사람으로서 해야 할 일이, 할 수 있는 일이 무엇인지 고민하는 건 필수예요. 지금 우리가 누리고 있는 것은 이미 앞선 세대의 고민과 실천 덕분에 만들어진 거예요. 과거에 그들은 무언가를 기다리면서 전등을 하나씩 켜두었고, 현재의 우리는 그 불빛으로 예전보다 편히 살고 있어요. 기다리고 기대할 수 있기에 우리는 어제와는 다른 오늘, 오늘과 다른 내일을 맞이할 수 있어요.

2026년 북중미 월드컵을 보기 위해 해야 할 일이 있어요. 세계 평화도 기원해야 하고, 내 건강도 잘 챙겨야 해요. 혹시 저처럼 월드컵을 기다리는 분들이 계신다면, 저와 같이 2026년까지 무사히 잘 지냅시다!

그 많던 궁금증은 어디로 갔을까

초등학생과 중학생은 달라요. 자라나는 아이의 1년은 이미 다 자란 성인의 1년과 결코 같지 않아요. 그래서일까요, 십 대 아이들이 겨우 한 살 많은 선배들에게 깍듯하게 대하는 건. 사실 어른이 되면 한두 살 차이가 크게 느껴지지 않아요. 하지만 아이들 입장에서는 달라요. 1년 만에 아이들은 쑥쑥 자라니까요. 몸도, 생각도 달라져요. 하지만 제가 초등학생과 중학생이 다르다고 여기는 건 '질문'의 양 때문이기도 해요.

처음 강연을 시작했을 때는 제가 쓴 작품 중에 청소년 소설이 더 많아 중고등학교에 많이 갔어요. 강연이 끝나면 질의응답을 하는데 중고등학생 아이들은 거의 질문을 하지 않아요. 그래서 사서 선생님들이 질문하는 아이들을 위한 선물을 준비하시기도 해요. 그러다가 동화를 쓰게 되었고, 처음으로 초등학교에 강연을 가게 되었어요. 저는 질의응답 시간에 너무나 놀랐어요. 강연에 참석한 대부분의 아이들이 서로 질문을 하겠다며 손을 들었거든요. 처음에는 이 학교 학생들이 참여도가 높구나, 하고 넘겼어요. 하지만 다른 초등학교에 가도 마찬가지더라고요. 중고등학교처럼 질문을 한다고 선물이 있는 것도 아니었는데 말이에요. 그래도 아이들은 묻고, 또 물었어요. 책과 관련된 질문도 하고, 작가에 대한 궁금증도 묻고, 별의별 걸 다 물었어요.

　30명의 중학생이 모이면 질문이 세 개 정도 나와요. 열 명중에 한 명 정도가 손을 들어 묻죠. 하지만 초등학교 30명이모이면? 질문이 60개예요. 질문을 한 명당 두 개씩 하거든요. 심지어 초등학생들은 제가 강연을 하고 있는데도 궁금한게 생기면 막 손을 들어요. 도저히 못 참겠다며 말이죠.

　하루는 강연이 두 개라 오전에 초등학교 6학년, 오후에중학교 1학년 강연을 하러 갔어요. 당연히 오전에는 질문 대잔치였고, 오후에는 아이들이 침묵 수행 중이라 "궁금한 거 있으면 뭐든지 물어봐요"라는 말을 여러 번 해야 했어요. 초등학교 6학년과 중학교 1학년은 고작 1년 차이밖에 나지 않아요. 도대체 1년 사이에 무슨 일이 있었던 걸까요?

물론 중학생이 되면서 다른 친구들의 시선을 의식할 수 있어요. 내가 하는 질문이 별로면 다른 아이들이 날 이상하게 여기지 않을까 걱정할 수 있어요. 질문을 하게 되면 자연스레 주목을 받게 되고, 괜히 튀는 행동을 할 필요가 없다고 여길 수도 있죠. 하지만 그와 별개로 질문을 하지 않는다는 건, 궁금증이 없다는 뜻이에요. 정말 궁금한 게 전혀 없기에 묻지 않을 수 있지만, 자라나면서 궁금증 자체를 잃어버리는 듯해 매우 안타까워요.

세상은 타인의 지시가 아니라 궁금증과 의문점으로 만들어가는 게 아닐까요? 질문으로 사회의 제도가 달라지고, 기술이 발전할 수 있었어요.

요즘에는 가짜 뉴스가 범람하고 있어요. 가짜 뉴스로 피해를 입는 사람들이 있기에 가짜 뉴스를 단속하는 법안을 만들자는 의견이 있을 정도예요. 가짜 뉴스가 많아지는 게 단순히 인터넷의 발달 때문이라고 생각하지 않아요. 사람들이 의심을 하지 않기 때문이 아닐까요? 이상한 뉴스가 있으면 "정말 그럴까?", "앞뒤가 안 맞는데?", "지난번에도 저런 뉴스 있었는데 가짜였잖아. 이번에도 아닐 수도 있지 않을까?" 하고 궁금해해야 해요. 하지만 물음표가 사라진 세상에서 질문은 없어요. 그런데도 모두들 "그렇군" 하고 마침표를 딱 찍어버린 후 얼른 다른 사람들에게 전송하기 바빠요.

저희 집 어린이는 아직 질문이 무척 많아요. 하도 질문이 많아서 아이가 "엄마" 하고 저를 부르면 머리가 띵하고 아플 때도 있어요. 저도 모르게 그만 좀 물어봐, 라는 말이 목구멍까지 올라올 때가 있죠. 하지만 되도록 그 말은 하지 않으려고 노력해요. 제가 그 말을 내뱉는 순간 아이는 질문을 하면 안 되는구나, 하고 느낄 테니까요.

어린이는 세상에 대해 당연히 모르는 게 많아요. 그렇기에 궁금할 거고, 그 궁금증을 해결하면서 자신의 세계를 만들어나갈 거예요.

질문이 많아지면 그에 일일이 대답해야 하니 다음 단계로 나가는 것이 조금 늦어질 수 있어요. 사회가, 또는 어른들이 그만 좀 묻고 시키는 대로 하라고 아이들에게 말해요. 직접적으로 말하지 않아도 그런 눈치를 주면 아이들은 금방 알아차려요. 하지만 질문을 하면 대답이 있고, 또다시 질문이 이어지고, 더 나은 대답이 나올 수도 있어요. 질문은 소통을 할 때 가능해요. 궁금증을 잃는다는 것은 자라나는 게 아니라 늙어가는 거예요. 한창 자라나야 하는 아이들이 곧바로 늙어가는 게 슬퍼요. 순응적인 "네"보다 도발적인 "네?"가 더 필요해요.

그러니 궁금한 게 있으면 물어봐요. 이상하다 싶으면 따져도 돼요. 어떤 질문이든 환영합니다.

후회해도 돼요

노트북 화면이 깜박거리기 시작한 건 석 달도 훨씬 전이에요. 문서 작업을 하다 보면 화면이 깜빡거려 불편하더라고요. 문제를 종종 일으켰던 노트북이라 이번에도 프로그램의 문제라고 여겼어요.

인터넷에 검색해 보니 노트북과 운영 체제가 맞지 않아 그럴 수 있다고 해서 몇 시간 동안 프로그램을 깔고 지우며 고쳐보려고 했어요. 하지만 허사였죠.

노트북을 구매한 지 벌써 4년이 되었고, 사용감이 많아서 그런가 보다 했어요. 무엇보다 구매한 지 1년이 조금 넘었을 때 고장이 나서 크게 수리를 한 적이 있어요. 망가지면 새로 사야겠다고 생각했죠. 그런데 지난주, 갑자기 노트북이 켜지지 않는 거예요. 사겠다고 생각은 했지만 막상 노트북이 켜지지 않으니 너무 답답했어요.

서둘러 근처 수리 센터를 검색했어요. 버스로 세 정거장 거리에 있더라고요. 수리 센터에 도착해서 혼자 이런저런 생각을 했어요. 수리 비용이 많이 들면 새로 사는 편이 더 낫겠지, 이번에는 다른 브랜드로 사야지, 큰돈이 나가겠네, 별별 생각을 다 하고 있으니 제 차례가 되었답니다. 노트북이 켜지지 않는다며, 고장이 난 것 같다고 줄줄 이야기했어요. 기사님은 한번 보겠다고 하더니 노트북 전원을 눌렀어요.

그런데 노트북이 켜지는 게 아니겠어요? 집에서 아무리 눌러도 켜지지 않던 노트북이 어찌 된 일인지 기사님의 손길 한 번에 로딩이 되었어요.

"화면 접속선 불량이에요."

기사님은 큰 문제가 아니라며, 패널만 교체하면 계속 쓸 수 있다고 하시더라고요. 비용은 5만 원 정도로 노트북을 새로 사는 것보다 훨씬 저렴했어요. 기사님께 패널 교체를 부탁드렸고, 교체 후 화면은 언제 그랬냐는 듯 멀쩡해졌어요.

정상으로 돌아온 노트북을 보니 후회가 됐어요.

'왜 진작 수리 센터에 올 생각을 하지 못했을까?'

'왜 불편하게 몇 달을 화면 때문에 스트레스받으며 사용했지?'

노트북을 고쳐서 기쁜 마음보다 지난 몇 달간 불편함을 참았던 어리석음으로 속이 쓰리더라고요.

수리가 끝난 뒤에는 버스를 타지 않고 걸어서 집으로 돌아왔어요. 수리 센터에서 집까지 거리는 1.5킬로미터, 걸어서 고작 20분 거리였어요. 나는 왜 이 가까운 곳에 올 생각을 하지 못했을까. 심지어 2년 전 노트북이 고장 났을 때도 급한 마음에 공식 수리 센터를 찾지 않고, 사설 센터를 이용하는 바람에 복구 운영 체제를 잃어버린 것도 이번에 알게 되었어요. 훨씬 큰 수리 비용을 지불했는데도 말이에요.

이번 일뿐만 아니라, 예전 일까지 후회가 되었어요. 지난 시간 내가 지불한 '멍청비용(조금만 주의했으면 쓰지 않았을 비용을 가리키는 신조어예요)'이 너무나 컸어요.

기사님이 알려주신 대로 컴퓨터를 초기화했더니, 컴퓨터는 새로 산 것처럼 말짱해졌어요. 왜 진작 수리 센터에 오지 않았는지 제 자신이 한심하더라고요. 잘못은 노트북이 아니라 내가 했지, 후회를 하고 또 하다가 정신이 번쩍 들었어요. 언제까지 지난 일을 계속 생각할 것인지 스스로에게 따져 물었죠.

'이미 지난 일을 계속 생각해서 무엇하겠어?'

이번 일로 인해 확실한 깨달음을 얻었어요. 만약 노트북(다른 가전제품도 마찬가지로)에 이상이 생기면 불편함으로 스트레스받지 말고 수리 센터에 가자. 그렇게 생각하니, 삶의 지혜를 하나 터득한 것처럼 마음이 편해지더라고요.

사람은 누구나 살면서 크고 작은 후회를 해요. 늘 옳은 선택만 할 수는 없으니까요. 매번 완벽한 선택을 하는 사람은 없어요. 후회 없는 삶이란 불가능해요. 그렇기에 후회 없이 사는 삶을 꿈꾸기보다 후회를 하고 난 후의 태도를 설정하는 게 중요해요.

후회의 사전적 정의를 찾아보면 '이전의 잘못을 깨치고 뉘우침'이라고 나와요. 과거의 잘못을 깨치라는 것은 과거를 위해서가 아니에요. 지금이라는 '현재'와 다가올 '미래'를 위해 필요한 거죠.

그때 내가 왜 그런 친구와 만났을까,

그 상황에서 왜 화내지 못했을까,

그날 거기 가지 말았어야 하는데.

과거를 계속 곱씹고 곱씹다 보면, 내 몸은 현재에 있지만 마음은 과거에 머무는 상태로 지내게 돼요. 과거에 있었던 일을 없앨 수는 없어요. 과거를 잊고 살 수는 없으니까요. 하지만 오늘을 살아야 하는데 언제까지 과거에만 머무를 수는 없어요.

사람들이 역사를 알아야 하는 이유는 '미래'를 위해서예요. 좋지 않은 역사라면 반복되지 않기 위해서, 좋았던 역사라면 다시 그 영광을 누리기 위해 우리는 역사를 배웁니다. 마찬가지로 후회는 과거에 붙잡혀 있기 위해서가 아니라, 다른 미래를 만들기 위해서 해야 해요.

내가 왜 그랬을까가 아니라, 다음에는 다르게 해야지.

이 깨달음을 얻을 수 있다면, 후회가 나쁘기만 한 건 아닐 거예요. 나아가 우리를 더 잘 살 수 있도록 도와줄 거예요.

6부

더 나은 세상을
만드는 중이야

형은 아무리 위험해도 반드시 해내야 하는 일이 있다고 말했습니다.
"어째서 그래?"
내가 다그쳤습니다.
"사람답게 살고 싶어서지. 그렇지 않으면 쓰레기와 다를 게 없으니까."

아스트리드 린드그렌, 『사자왕 형제의 모험』, 창비

꼬여도 돼

한 아이돌의 긍정적 사고가 화제 됐어요. 빵집 앞에 줄을 서 있는데 딱 내 앞에서 빵이 다 떨어지자 "앞 사람이 제가 사려는 빵을 다 사가서 너무 럭키하게 제가 새로 갓 나온 빵을 받게 됐지 뭐예요?"라고 말했다는 거예요. 아마 저라면 속으로 '이런 제길. 조금만 더 빨리 올걸' 했을 텐데 말이죠. 어떻게 저렇게 초긍정일 수가 있지? 저는 못 할 거 같아요. 맞아요. 저는 꼬였나 봐요.(그래도 저는 그 아이돌을 좋아한답니다)

"좋게 좋게 생각하자"라거나 "좋은 게 좋은 거다"라는 말도 사실 별로 좋아하지 않아요. 뭐 좋아야 좋게 생각하지. 좋지도 않은 걸 어떻게 좋게 생각하나요? 그리고 왜 굳이 그래야 하나 싶기도 해요.

서로 타협하자며 "좋은 게 좋은 거다"라고 말을 하는데 사실 그건 말하는 사람 입장에서만 좋은 경우가 많아요. (나에게) 좋은 거니 (너도) 좋게 받아들여에 가깝죠. 좋지 않으면 좋지 않다고 말해도 돼요.

"싫은데요.", "별론데요.", "하기 싫어요."

원하지 않는데 받아들이면 나중에 두고두고 후회할 수 있어요. 그때 나는 타협하기 싫었는데, 용서하기 싫었는데, 하기 싫었는데, 왜 받아들였지? 하고 말이죠.

마음에 들지 않거나 불만이 있으면 솔직하게 말해도 돼요. 화가 나면 화를 내도 돼요. 매사에 투덜이가 되고 시비를 걸라는 게 아니라, 하고 싶지 않은 건 하지 않아도 된다는 뜻이라는 거 알고 있죠?

이상하다 싶으면 의심하세요. 이유 없이 잘해준다면 왜 그런지 한번 의심할 필요가 있습니다. 매번 나에게 기분 나쁘게 말하는 상대가 있다면 이해하려 하지 말고 피해도 돼요. 좋게만 생각하지 말고 한 번 꼬아서 생각하세요.

크리스마스캐럴 중 「울면 안 돼」라는 곡이 있어요. 울면 선물 안 준다고, 산타 할아버지는 누가 착하고 나쁜지 다 알고 있다며 착하게 행동해야 한다고 하죠. 하루는 저희 집 어린이가 제게 묻는 거예요.

"엄마, 안 착하면 선물 못 받아?"

저는 곧바로 대답했어요.

"어린이면 무조건 다 받는 거야. 울어도 받고, 나빠도 받아. 그 노래 틀렸어."

저는 그 노래가 마음에 들지 않아요. 지독하게 어른의 시선으로 만들어진 노래니까요. 아이니까 울지 어른이면 울겠습니까?(어른은 숨어서 운답니다) 어른이 아이를 안 울릴 생각은 안 하고 선물 안 준다는 협박이나 하고 있다니요. 착하고 나쁜 아이를 평가하는 건 어른이 하는 거잖아요. 저는 어른 입맛에 맞는 어린이가 많아지는 것을 전적으로 반대합니다. 산타 할아버지가 그 노래를 들으면 화를 낼 거 같아요. 어디 산타 할아버지가 아이들 평가나 하실 분인가요?

속상하면 울어야죠. 마음에 안 들면 싫다고 해야죠. 기분 나쁘면 화내야죠. 저는 일희일비하는 삶을 살고 싶어요. 보통 '일희일비'하면 '하지 말자'가 따라와요. 살다 보면 좋은 일도 있고 나쁜 일도 있으니 크게 감정 소모하지 말라는 거죠. 하지만 일희일비도 안 하면 내 감정은 도대체 어디에 쓴답니까?(네, 역시 저는 꼬인 사고를 하고 있네요)

기쁜 일 있으면 한 번 기뻐하고, 슬픈 일 있으면 한 번 슬퍼하는 게 더 건강한 게 아닐까요? 그러니 일희일비하세요. 빵이 떨어지면 잠깐 속으로 화도 내고, 빵을 다시 사게 되면 화낸 걸 잊은 후 씩 웃으며 맛있게 먹는 거죠.

제가 살면서 꼭 지키고자 하는 가치는 '다른 사람을 존중하기'예요. 되도록 예의를 갖추려고 노력해요. 하지만 저에게 무례하게 대하는 사람에게는 친절히 대하지 않습니다. 저는 예수님도 공자님도 아니니까요. 저는 일개 사람이에요. 얼마 전 한 초등학교에 강연을 갔는데 그 학교 교장 선생님께서 저에게 무슨 글을 쓰시냐며 묻더라고요. 그래서 어린이, 청소년이 읽는 동화와 청소년 소설을 쓰고 있다고 설명을 드렸어요. 그랬더니 학교에서 근무해 보셨냐고 묻는 거예요. 아니라고 하니 "어떻게 학교에서 근무도 안 하면서 아이들 이야기를 쓰세요?"라며 비꼬는 말투로 여러 번 말씀하시는 거예요. 그래서 그냥 "네" 하고 더 대꾸하지 않았어요. 저는 항상 웃거나 항상 친절하지 않아요. 대체로 미소를 짓고 친절하게 행동하려고 노력하지만, 그건 무례하지 않은 상대 한정입니다. 그러니 저를 예의 없게 기억하는 분들이 계시다면 그 이유는 왜인지 아시겠죠?

꼬여도 돼요. 단, 리본 정도만 꼬이는 게 좋긴 해요. 리본은 한 번 잡아당기면 쓱 풀리잖아요. 우리 그 정도는 꼬여 살아요.

배려가 쌓이면

제가 존경하는 모 출판사 대표님이 계세요. 그 출판사에서 몇 권의 책을 출간하긴 했지만, 대표님을 뵐 기회는 거의 없었어요. 행사에서 인사를 주고받은 게 전부죠. 그렇기에 그분에 대해 잘 알지는 못해요. 그럼에도 그분을 존경하는 것은 그분의 생활 습관 때문이에요.

하루는 작업 때문에 그 출판사 직원들을 만났어요. 제가 쓴 원고에 관한 이야기를 나누는 자리였는데, 원고를 이면지에 복사해 오셨더라고요. 이면지를 활용하는 출판사들은 종종 있어요.

제가 그걸 보고는 "이면지 활용하는 거 참 좋은 거 같아요"라고 말을 했더니, 편집자는 지난번 한 신입 직원이 작가와의 출판 계약서를 이면지에 해와서 난감했던 적이 있다고 웃으며 말씀하시더라고요. 출판사 대표님께서 재활용을 중요하게 여기긴 하지만, 계약서까지 이면지를 쓰진 않는다며 말이에요. 그러면서 출판사에 종이컵이 없다는 이야기를 해주셨어요.

돈을 아끼기 위해서가 아니라, 환경을 위해 직원들이 실천하는 일 중 하나라고 했어요. 대표님은 환경을 무척 중요하게 여긴다고 해요. 환경을 위해 대단한 일을 하지는 못하지만, 최소한 종이컵 하나만 덜 써도 나무 한 그루를 살릴 수 있으니까요.

출판사 대표님 이야기를 듣기 전에는 한 번도 일회용품을 쓰는 문제에 대해 생각해 본 적이 없어요. 하지만 찾아보니, 카페에서 사용하는 종이컵은 코팅이 되어 있어 재활용이 어렵다고 하더라고요. 다행히 이제는 일회용품 규제가 시작되어, 매장 안에서는 더 이상 일회용품 컵을 사용하지 않게 되었죠.

종이컵을 사용하지 않는 건 지구에 대한 출판사 대표님의 배려예요. 배려는 '도와주거나 보살펴 주려고 마음을 쓴다'는 뜻이죠. 배려는 마음에서 우러나와야 가능해요. 강제로 할 수 있는 건 아니에요.

살면서 타인의 배려를 받는 경우가 자주 있어요. 특히 임신을 하고, 육아를 하면서 타인에게 고마운 적이 많아요. 무거운 배로 서 있을 때 자리를 양보해 준 사람들을 기억해요. 유아차를 끌고 있어 문을 열기 어려운 상황에서 먼저 문을 열어준 분들께도 감사해요. 그때는 하루에도 몇 번씩 감사하다는 말을 했던 것 같아요. 배려를 받아보니 그게 무척 고마운 일이더라고요.

그래서 이제는 대중교통에서 임산부가 보이면 자리를 양보하고, 유아차가 오면 대신 문을 열어주려고 노력해요. 배려를 받아보니 배려가 왜 좋은지 알겠더라고요. 고기만 먹어본 사람이 잘 먹는 게 아니라, 배려도 받아본 사람이 잘할 줄 아는 것 같아요.

의식적으로 실천하려는 배려는 두 가지예요. 첫 번째는 전단지 받기예요. 저도 예전에는 전단지를 잘 받지 않았어요. 주로 헬스장이나 필라테스 센터 관련 전단지가 많기에, 어차피 다니지 않을 테니 받을 필요가 없다고 생각했어요.

게다가 버릴 데도 마땅찮아 가방에 넣어두어야 하니까요. 그런데 지인이 전단지를 받으며 "이걸 다 나눠 줘야 저분들이 퇴근해"라고 말하더라고요. 그 말을 듣고 아차 싶었어요. 전단지를 받는 건 전혀 어려운 일이 아니에요. 하지만 나눠 주는 입장에서는 수백 장을 나눠 주어야 하잖아요. 그 이후부터는 저는 무조건 받아요. 일부러 나눠 주는 쪽에 가서 받기도 하고, 손을 내밀어 달라고 표현하기도 해요.

두 번째는 마트 카트 정리하기예요. 마트에 가서 보면 카트를 제대로 꽂지 않고 가는 사람들이 있어요. 한 개의 카트가 튀어나와 있으면, 뒤에 카트도 줄줄이 대충 서 있게 돼요. 사람들이 지나다니는 공간을 침범하기도 하고, 추후에 마트 직원이 한꺼번에 정리하는 것도 번거롭게 되죠. 저는 제멋대로 서 있는 카트를 차례대로 꼭 정리해요. 그리 오랜 시간이 걸리는 일도 아니고, 내 뒤에 오는 사람은 카트를 제대로 밀어 넣고 갈 확률이 높으니까요.

사실 이 두 가지는 별거 아니에요. 누구나 할 수 있고, 저 혼자가 아닌 누군가와 같이 하고 있는 일이기도 해요. 나의 작은 배려가 누군가를 도와줄 수 있고, 나 역시 의식하지 못하는 사이에 다른 사람의 배려를 받으며 살아가고 있어요.

배려는 배려를 낳아요. 제 주변 지인들은 나를 따라 전단지를 받고, 카트를 정리해요. 결국 나만의 배려라는 것은 없는 것 같아요. 우리들의 배려가 쌓여 세상을 조금 더 괜찮게 만들 테니까요.

다정함의 힘

AI(인공지능) 기술이 점점 발달하면서 사람이 할 수 있는 일을 AI가 대체하고 있어요. 식당에서 주문도 태블릿 PC로 하고 음식도 로봇이 가져다줘요. 온라인 쇼핑몰 상담도 AI가 하고 있죠. 제가 어릴 때는 상상도 못 했는데 말이에요.(제가 옛날이야기를 좀 많이 하죠? 그런데 지금 여러분이 살아가고 경험하는 것도 나중엔 옛날이야기가 될 거랍니다. 그러니 미래를 기억하라고 말하는 거예요)

저는 AI의 발달이 걱정되기도 해요. 인간보다 AI가 더 똑똑해지면 과연 인간은 무슨 일을 할 수 있을까? 그럴 때면 저는 인간과 AI의 차이점을 떠올립니다. 인간만이 할 수 있는 것이 무얼까? 저는 '다정함'이라고 생각해요. 로봇이 아무리 친절하게 "안녕하세요" 인사를 한다 하더라도 우리는 로봇이 친절하다고 느끼지 못하잖아요. 저는 앞으로 세상에서 다정한 사람들이 더 환영받을 거라고 생각해요. 저도 함께 일하고 싶은 사람은 바로 다정한 사람이거든요.

이렇게 이야기하면 극단적으로 물어보는 이들도 있어요. 일은 엄청 못하는데 다정하기만 하면 함께 일할 수 있느냐? 비슷하게 일하는 사람을 대상으로 두고 비교를 해야 하는 건데 말이에요.

부모로서 자녀가 어떻게 자라면 좋겠냐는 질문을 받아요. 저는 저희 집 어린이가 다정한 사람이 되었으면 좋겠어요. 다정함은 다정함을 받아본 사람이 내뿜을 수 있는 기운이에요. 세상이 나에게 다정하지 못하면 나라고 어떻게 다정해지겠어요? 다정한 사람이 되기를 바란다는 것에는 세상이 연수에게 다정하게 대해주길 바라는 마음이 담겨 있어요.

학교 강연을 가면 종종 놀랄 때가 있어요. 강연이 끝난 후 저에게 슬그머니 다가와서 "작가님, 오늘 너무 잘 들었어요. 감사합니다" 하고 인사하고 가는 아이들 때문이에요. 누가 시킨 것도 아닌데 저에게 와서 인사를 해줘요. 그러면 저도 '나 오늘 강연을 잘했구나' 하고 기분이 좋아져 혼자 쓸데없이 궁금해해요. 저 아이가 인사를 잘하는 건 타고난 성향 때문일지, 누군가에게 교육을 받아서 그런 건지 말이에요. 아마 제게 찾아와서 인사를 하는 아이들은 평소에도 그렇게 행동할 것 같아요.

작가가 글을 쓸 수 있는 원동력은 어디에서 올까요? 작가마다 다를 텐데, 저에게 여러 가지 원동력 중 하나는 독자분들의 다정한 말이에요.

"작가들은 자기 글에 대한 평을 찾아보나요?"

그럼요! 저는 매일 제 작품을 인터넷으로 검색해요. 독자들이 어떻게 읽었을지 무척 궁금하거든요. 유명인은 아니기에 안 좋은 댓글이 많지는 않지만 '별로였다', '재미없다'라는 글도 이따금 보게 돼요. 그 이유도 적혀 있지만 저에게 큰 도움이 되지는 않아요.(네, 저는 듣고 싶은 말만 듣는 고집불통 작가랍니다)

반대로 제 작품이 좋았던 이유를 보게 되면 제 안의 연료가 채워지는 기분이 들어요. 제가 공모전에서 백여 번을 떨어지고 작가가 되었다는 이야기를 강연에서 하거든요. 강연이 끝난 후 한 어린이가 제게 와서 말했어요. "작가님이 작가가 안 됐으면 제가 너무 속상했을 거 같아요." 저는 그 다정한 말을 두고두고 잊지 않을 거예요. 글쓰기가 힘들어지거나 어려워질 때 소가 여물을 되새김질하듯 그 말을 떠올리고 또 떠올릴 거예요.

또 좋은 기억이 있어요. 한번은 중학교에 강연을 갔는데 책 사인을 열 살인 동생 이름으로 해달라는 요청을 받았어요. 저는 어차피 부모님이 사주셨을 텐데 사인 요청자인 언니의 이름도 같이 받으라고 하니 안 된다고 하더라고요.

"제 동생이 쥐꼬리만 한 용돈을 모아 산 책이거든요."

저는 알겠다며 동생의 이름으로 사인을 해주었어요. 그 학생은 여동생이 저에게 편지를 썼다며 대신 전해줬어요. 집으로 가는 버스 안에서 그 편지를 뜯어봤는데 편지에는 책을 재밌게 읽었다고 짤막하게 적혀 있었어요. 그리고 편지 봉투에 무언가 더 보여 꺼냈더니 천 원짜리 한 장이었어요. 돈에 대한 설명은 없었지만 실수로 넣은 게 아닌 것 같더라고요. 아마 그 어린이는 자신이 줄 수 있는 특별한 것을 저에게 주고 싶었을 거예요. 언니의 '쥐꼬리만 한 용돈'이라는 말과 겹치며 얼마나 감동을 받았는지 몰라요.

저는 예술적으로 글쓰기를 잘하는 작가는 아니라 평론가에게 칭찬받는 일이 잘 없어요. 그래도 상관없어요. 저는 계속 쓸 거예요. 제게 재밌다고, 다음 작품을 기다리고 있다고 말해주는 독자님들이 계시니까요.

제가 글을 계속 쓸 수 있는 건 모두 다정한 응원을 해주신 분들 덕분이에요. 다정한 말 한 마디, 글 한 줄이 모여 작가 한 명을 살아가게 해주네요.

모두 감사합니다.

인사를 합시다

학교 수행평가 때문에 학생들에게 SNS 메신저로 종종 연락을 받아요. 보통은 자기가 읽은 책 작가의 인터뷰를 요청해요. 작가가 되고 나서 몇 년 동안은 인터뷰 요청을 다 받아주었어요. 비슷한 질문이 많기는 하지만 복사한 후 붙여 넣기를 한 적은 한 번도 없어요. 매번 새로 써서 보내주었죠. 수많은 작가의 책 중에서 제 책을 골라 읽어주었다는 게 무척 고마웠거든요.

그런데 어느 순간부터 서운한 마음이 들기 시작했어요. 짧게는 A4 한 장, 많게는 A4 두세 장의 글을 써서 보내주었는데, 정말로 단 한 번도! 잘 받았다는 답장을 받은 적이 없거든요. 모두가 약속이나 한 것처럼 인터뷰 답변을 받고는 고맙다고 말한 이가 없었어요. 시간을 들여서 수행평가를 도와준 건데 잘 받았다는, 고맙다는 말 한 줄을 보내는 게 그렇게 어려운 일일까?

제가 바란 건 딱 한 줄이었어요. 저는 수십 줄이 넘는 걸 썼는데 고작 한 줄도 못 쓰다니. 그 이후로 저는 수행평가 인터뷰 요청이 오면 정중하게 거절해요.

'고마운 일이 있을 때 고맙다고 말하고, 미안한 일이 있을 때 미안하다 말하자.'

이건 제가 살면서 평소에 잊지 않고 살려는 신조 중에 하나예요. 고맙다는 인사의 말이, 미안하다는 사과의 말이 그리 어려운 게 아니잖아요.

표현하지 않으면 상대는 잘 몰라요. 한때는 말 잘하는 사람들을 경계하며 "저 사람은 말만 그럴듯하게 해"라고 표현하기도 했어요. 그런데 어느 순간부터 기본적인 인사조차 제대로 하지 않는 사람들이 늘어나니 '말이라도 그럴듯하게 하는 사람'이 많아지면 좋겠다 싶더라고요.

타인에게 친절하게 대하면 얕잡아 보일 수 있다고까지 여기는데 그건 큰 오해예요.

저는 인사를 잘하는 사람이에요. 오죽하면 친구들이 놀리면서 "너는 인사만 참 잘한다"라고 하더라고요. 저는 버스탈 때 꼭 기사님께 인사를 하고, 내릴 때 기사님이 못 들으시더라도 인사를 하고 내려요.

얼마 전 책을 읽다가 제가 인사를 잘하는 이유를 깨달았어요. 정지아 작가님이 에세이에 본인이 인사를 잘하는데, 그건 시골 출신이기 때문이라고 하더라고요. 시골 사람들은 서로 누가 누구 집 사람인지 잘 알기에 인사를 안 하면 "누구네 집 아이가 인사를 안 하더라" 하고 혼이 난다는 거죠.

맞아요. 저는 시골에서 태어났고 저 역시 할아버지와 부모님께 인사 교육을 철저하게 받았어요. 김 선생네 둘째 딸이 인사도 안 하더라, 하면 안 된다고요.

사실 인사하고 싶지 않은데 하게 되는 일도 있어요. 인사를 받아주지 않으면 하고 싶지 않긴 해요. 아파트 같은 동에 사는 아이 친구네 아버지가 있어요. 그분은 제가 인사를 해도 늘 받는 둥 마는 둥 하세요. 저를 잘 못 알아보는 걸 수도 있지요. 인사할 때마다 매번 인사를 안 받아주니 저도 속으로 다음엔 인사하지 말아야지, 다짐하죠.

하지만 다시 만날 때면 저도 모르게 인사를 해요. 집으로 돌아와 남편에게 "아, 또 인사해 버렸어" 하고 투덜대면 남편도 왜 하냐고 하죠. 그런데 반사작용처럼 아는 사람을 만나면 자동으로 인사가 나오는 걸 어쩌나요.

그러다 보니 저도 연수에게 인사를 무척 강조해요. 그 덕인지 연수도 인사를 참 잘해요. 식당에서 맛있게 먹으면 나갈 때 "맛있게 잘 먹었어요. 다음에 또 오고 싶은 맛이에요"라고 시키지 않았는데 인사를 해요. 그러면 사장님이 놀라셔서 음료수 값을 안 받으시기도 해요.(사장님, 제가 서비스를 바라고 시킨 건 아니에요)

어느 날은 지방에 강연을 갔는데 한 사서 선생님께서 열차에서 먹으라며 빵과 과일을 챙겨주셨어요. 기차에서 먹지 못하고 집으로 돌아와 연수와 나눠 먹는데 연수가 그러는 거예요.

"엄마, 사서 선생님 너무 고마우시다. 고맙다고 말했어?"

당연히 고맙다는 인사를 했다고 말하니,

"정말정말 고맙다고 인사했어야지!"

그 말에 다시 한번 메일을 보내 감사 인사를 드렸어요. 아이도 저에게 가르침을 준답니다. 인사를 잘하다 보면 태도도 따라갈 거라고 믿어요.

그런 의미에서 오늘부터 인사를 시작해 볼까요?

멀쩡도가 늘어나길

　뉴스를 보고 있으면 화가 나는 일이 자주 생겨요. 어떻게 저런 일을 저지를 수 있는지, 사람이라면 저렇게 해서는 안 되잖아, 하는 일을 접하게 돼요. 한동안 묻지마 칼부림 사건이 여러 차례 일어나며 많은 사람들이 피해를 입었어요. 그런데 멈추지 않고 곳곳에서 칼부림 협박글이 올라오는 거예요. 한두 차례가 아니라 주요 도시마다 그러더라고요. 안 그래도 공포스러운 일상이 더 무서워졌죠. 협박글을 올린 사람들은 장난이었다고 하지만 그게 어떻게 장난일 수 있나요? 그건 명백한 범죄입니다.

어린이, 청소년을 유인 또는 납치하거나 폭행, 학대한 기사가 나오면 분노에 휩싸입니다. 그다음 드는 감정은 또 지키지 못했구나, 하는 마음에 무력감이 몰려와요. 구속되는 범죄자를 쫓아가 계란을 던지는 사람들의 심정이 이해가 가요. 계란을 던진다고 해서 달라지는 건 없겠지만, 그렇다고 가만히 있을 수 없는 마음을 이해해요.

고민 끝에 제 나름대로 해결책을 찾았답니다.

나부터 멀쩡한 사람이 되자!

저는 멀쩡하다는 말을 좋아하는데 보통 사람들은 멀쩡하다는 말의 어감을 좋지 않게 생각해요. '이 사람 괜찮은 사람이야'와 '이 사람 멀쩡한 사람이야'라는 말 중 무엇을 더 듣고 싶으세요? 대부분 첫 번째를 택하더라고요.

제 전작 에세이의 『다행히 괜찮은 어른이 되었습니다』의 원래 제목은 <다행히 멀쩡한 어른이 되었습니다>였어요. 그런데 출판사에서 '멀쩡하다'가 좋게 들리지 않는다며 '괜찮은'으로 바꾸자고 하시더라고요. 사전을 찾아보면 '멀쩡한: 흠이 없고 아주 온전하다. 정신이 아주 맑고 또렷하다. 지저분한 것이 없고 아주 깨끗하다'인데, 멀쩡하지 않은 게 먼저 연상이 되어서 좋게 들리지 않는 거죠. 그래서 출판사에서

권유하는 대로 제목을 바꿨어요. 그래도 여기서는 멀쩡하다를 밀고 나갈게요.

세상은 결국 대다수의 사람들이 움직이더라고요. 대중의 개념이 바로 그 대다수예요. 사회의 이상과 분위기를 만드는 건 대중이에요. 그렇다면 사회의 멀쩡도는 몇 퍼센트의 멀쩡한 사람이 모여 있느냐에 따라 결정될 거예요. 100명 중에 한두 명이 멀쩡하지 않은 건 어쩔 수 없다고 생각해요. 하지만 100명 중에 10명이 멀쩡하지 않다면? 그건 좀 끔찍하네요. 10퍼센트의 확률이니까요.

SNS는 게시물의 양이 방대해서 규제가 어렵기에 자극적인 영상이 많아요. 수익을 거두려고 더 자극적인 영상을 만들고 가짜 방송까지 만들죠. 불법 영상물도 당연히 포함되는 이야기예요. 만드는 사람이 가장 문제겠지만 그 영상을 구독하고 시청하는 사람도 제작자와 다르다고 생각하지 않아요. 함께 멀쩡해지지 않는 선택을 하는 거죠. 최근 딥페이크 사건은 참담하기만 해요.

성소수자 페스티벌이 열릴 때 단체로 찾아와 혐오를 표출하는 사람들이 있어요. 혐오와 불호(좋아하지 않는 것)는 달라요. 좋아하지 않는 걸 행동으로 드러내는 건 혐오랍니다.

나와 다른 사람을 혐오할 권리는 누구에게도 없어요. 하지만 아무렇지 않게 혐오를 표하는 이들이 많아요. 인터넷에서는 입에 담지도 못할 악플을 올리며 일상에서는 멀쩡한 척하죠.

혐오 표현을 당연하게 여기는 사람이 많아지면 점점 분위기에 휩쓸려 혐오가 늘어날 거예요. 모두 저 정도는 해도 되겠구나, 싶어 하면서요.

길거리에서 일회용 컵이 잔뜩 쌓인 쓰레기 무덤을 보게 될 때가 있어요. 처음부터 컵이 쌓여 있지 않았을 거예요. 누군가 컵을 버렸을 테고, 저기에는 버려도 되는구나, 싶으니까 점점 더 그곳에 버리는 사람이 늘어나 결국에는 컵 무덤이 되는 거겠지요. 이상한 행동도 비슷해요. 이상한 행동을 하는 사람들이 많아지면 '저렇게 해도 되는구나' 하고 따라 할 수 있어요. 사회의 멀쩡도가 높아질수록 멀쩡하지 않은 사람은 티가 나겠죠. 그러면 다들 덜 멀쩡하게 행동하려 할 거예요.

제가 사회의 멀쩡도를 책임지고 있다고 생각해요. 나 한 명이라도 멀쩡해지면 사회의 멀쩡도가 높아질 테니까요. 그런 의미에서 여러분에게 부탁드리고 싶은 게 있어요. 멀쩡한

어른이 되어주세요. 시간이 지나 제가 노인이 되면 여러분이
어른이 되어 사회를 움직이겠죠? 제 평안한 노년을 위해서
제발 멀쩡해 주세요.

그럼 모두 멀쩡도가 높은 세상에서 살 수 있을 거예요.

선의가 이기길

　사람이란 존재는 선할까요? 악할까요? 예전 중학교 도덕 시간에 '성선설'과 '성악설', 그리고 '성무선악설'에 대해 배웠던 일이 떠올라요. 사람은 본디 착하게 태어난다는 맹자의 성선설, 사람의 타고난 본성은 악하다는 순자의 성악설, 인간의 본성에는 선도 악도 없다고 하는 고자의 성무선악설까지, 아이들끼리 토론을 했지만 결론은 나지 않았어요. 아마이건 영원히 정답을 찾지 못할 것 같아요.

　사람은 착한 존재일까, 나쁜 존재일까 하는 질문을 뉴스를 볼 때만 하는 건 아니에요. 직접 사람을 겪으면서도 그 질문이 떠오를 때가 많아요. 결국 제가 깨달은 건 사람이라는 존재를 선하다, 나쁘다 이렇게 이분법적으로 단정 지을 수 없다는 거였어요. 좋은 사람이 있는 반면 나쁜 사람도 있으니까요. 항상 좋기만 한 사람도 없고, 반대로 항상 나쁘기만 한 사람도 없었어요. 사람의 마음속에는 '선의'와 '악의'가 함께 있더라고요. 둘 중 하나만 있는 사람은 없다고 생각해요. 어떤 것이 자극되어 발현되느냐의 차이 같아요. 자신을 도와준 사람에게 고마움을 보답하기 위해 살아가는 이도 있을 것이고, 내가 피해 본 것을 갚아주려고 살아가는 이도 있을 수 있을 거예요.

한참 전 일이에요. 지금은 열 살인 저희 집 어린이가 어린이집을 다닐 때였어요. 어린이집에서 사는 곳까지 걸어서 10분 정도가 걸렸고, 세 살 아이를 유아차에 태워 다녔지요. 하루는 하원을 하는데 갑자기 비가 세차게 내리기 시작했어요. 유아차에 두고 다니는 3단 우산을 꺼내 썼지만, 유아차에 탄 아이와 제가 같이 쓰기엔 턱없이 작더라고요. 비가 금방 그칠 것 같지 않아 아이만 씌운 채 빨리 집으로 가야겠다 싶었죠. 왼손으로는 아이에게 우산을 씌우고, 오른손으로는 유아차를 몰며 힘겹게 한 걸음 한 걸음 걸었어요. 제가 우산을 제대로 씌우지 못해 비에 맞은 아이는 울음을 터트렸고, 순간 너무 힘들어 눈물이 날 것만 같았어요. 그런데 누군가 다가오더니 제게 우산을 씌워주었어요. 처음 보는 중년의 여자분이었는데 집이 어디냐고 물으시더라고요. 괜찮다고 했지만 이렇게 비 맞으면 안 된다며 저를 데려다주신다고 하셨어요. 그분이 커다란 우산으로 저와 아이를 씌워 주셨고, 덕분에 비를 맞지 않고 무사히 집으로 왔어요. 그때는 경황이 없어서 연락처도 묻지 못했고, 다시는 그분을 만나지 못했어요. 오랜 시간이 지났지만 그날의 고마움은 여전히 제 마음속에 자리 잡고 있답니다.

그래서 양손에 물건을 가득 든 채 걸어가는 사람이 있으면 문을 대신 열어준다든지, 길을 헤매는 노인분이 있으면 스마트폰으로 찾아 알려드린다든지, 아이가 홀로 있으면 보호자가 나타날 때까지 지켜봅니다. 무언가를 바라고 하는 일은 아니에요. 저도 제가 모르는 누군가로부터 친절을 받았기에 전달하려고 할 뿐이죠.

샤를리즈 테론이 주연을 맡은 영화 「올드 가드」는 죽지 않고 살아가는 불멸의 존재들이 악으로부터 세상을 지키는 내용이에요. 주인공 앤디는 제약회사로부터 쫓기다가 부상을 입는데, 병원에 가지 못한 채 편의점에 들릅니다. 점원은 앤디가 다친 것을 알아차리고는 앤디를 치료해 줘요. 앤디는 점원에게 누군지도 모르는 자신을 왜 아무것도 묻지 않고 돕냐고 묻죠. 그러자 점원이 말해요.

"오늘은 내가 상처를 봐줄게요. 내일은 넘어진 사람을 보면 일으켜 주세요. 아무도 혼자는 못 살아요."

세상을 지키는 건 불멸의 존재가 아니라, 서로 돕는 거라는 것. 사실 이 대사는 영화가 담고 있는 메시지가 아니었을까요? 친절은 친절로, 도움은 도움으로 이어집니다. 반대도 마찬가지예요. 분노는 분노로, 혐오는 혐오로 이어질 수밖에 없어요. 이제 '혐오'라는 말이 낯설지 않은 시대가 되어버렸어요. 내가 속해 있는 집단이 아닌 이들을 향해 아무렇지 않게 비난을 퍼붓죠. 상대를 '적'이라 규정하며 연대보다는 공격을 택해요. 당하고 피해 본 것만 기억하며 '두고 봐라. 내가 갚아주리라'고 당당하게 말하는 걸 보면 씁쓸하다 못해 절망스럽기까지 해요.

이런 세상에서 아이들이 과연 어떻게 살아야 하는지 물으면, 사실 세상은 좋은 사람들만 있지 않다고 솔직하게 대답합니다. 하지만 어떤 마음을 가진 사람들이 다수를 차지하느냐에 따라 세상은 다르게 움직여요.

부디 선의로 움직이는 사람들이 많아지길. 선의가 이기길 간절히 바랍니다. 그럼 아이들이, 아니 여러분들이 더 나은 세상에서 살 수 있을 거라 믿어요.

"순례자가 되지 못하더라도, 내 인생에 관광객은 되고 싶지 않다.
무슨 일이 있어도."

유은실, 『순례 주택』, 비룡소

2100년까지 살 거니까요

저는 365일 중 3분의 1은 학교에 강연을 하러 가요. 강연에 가서 십 대들을 만날 때면 안도의 숨을 내쉽니다.

'다행이다, 나는 저 힘든 시기를 다 지났으니.'

사춘기가 지난 지 한참 되었는데 힘들었던 십 대 시절 일을 여전히 기억하는 걸까요. 십 대가 주인공인 글을 써서, 십 대들을 자주 만나서 그런 걸까요? 미안하게도 십 대들을 만날 때면 여러분이 겪고 있는 것을 다 지났다는 생각에, 다시는 겪지 않아도 된다는 안도감에 마음이 편해져요.

그런데 재작년부터 마음이 바뀌어 지금의 십 대들이 부럽기 시작했어요. 한 20퍼센트 정도?

왜냐하면 2010년 전후에 태어난 여러분들은 22세기까지 살겠더라고요. 2100년이라니. 제 나이를 계산해 보니 118살까지 살아야 하니 저는 틀렸답니다. 하지만 여러분은 90살 전후가 될 거예요. 요즘 평균 수명이 늘고 100세 시대라고 하니 90살까지 사는 건 충분히 가능한 일이랍니다.

저는 어릴 때 스마트폰, OTT를 상상하지 못했어요. 하지만 이제는 전 세계 드라마를 언제 어디서나 클릭 한 번으로 볼 수 있어요. 그것들이 없는 일상을 더 상상하기 힘들죠.

(재작년에는 걸레를 빨아주는 청소기도 출시가 됐어요) 저는 이런 새로운 문물들이 너무 신기하답니다. 그래서 20년 후, 30년 후 미래가 더 궁금해져요. 그때는 또 무엇이 새로 생겨날까요?

세기가 바뀐다는 건 엄청난 일이에요. 그래서 22세기를 볼 수 있는 십 대들이 부럽네요. 제가 강연 때 이 말을 했더니 한 학생이 저를 위로해 주더라고요. 저는 21세기 시작을 보지 않았냐면서요. 맞아요. 저는 2000년을 맞이했었죠.

여러분은 2100년을 맞이할 분들이에요. 2100년이라니, 아직 너무 멀었죠? 그만큼 인생은 길답니다. 그러니 멀리멀리 보세요.

여러분들이 부디 2100년에 귀여운 할머니, 할아버지가 되어 지금을 떠올렸으면 좋겠어요. 나, 십 대 때 좀 힘들었는데 견디길 잘했네. 버티길 잘했어, 하고 말이에요. 내가 오래 살아서 이것도 해봤지, 저런 것도 경험했지. 앞으로 여러분의 삶에는 기대하지 못하고 상상도 못 할 신나고 재밌는 일들이 기다리고 있어요.

그러니 제가 보지 못할, 경험하지 못할 2100년을 여러분은 꼭 보고 경험하고 느껴주세요.

오늘도 자라고 있는, 잘하고 있는 여러분을 응원할게요.

여러분, 지금도 잘하고 있어요!

불안한 마음을 단단하게 바꿔줄
문장 카드와 필사 카드

"지금 우리는 삶이라는 도로를 달리고 있습니다. 안전벨트를 매지 않은 승객님이 계시면 얼른 '나를 좋아하는' 안전벨트를 매세요."

- 『흔들리는 십 대를 지탱해 줄 다정한 문장들』 중에서

_____
_____
_____
_____
_____

자란다의 진짜 의미는 잘한다, 예요. 잊지 마세요. 자라는 것만으로도 여러분은 잘하고 있다는 걸요. 내가 엄청난 수고를 하고 있구나. 무척 어려운 일을 하고 있구나. 어른들이 칭찬해 주지 않으면 스스로에게 해주세요.

- 『흔들리는 십 대를 지탱해 줄 다정한 문장들』 중에서

_____
_____
_____
_____
_____
_____
_____

사춘기라는 터널은 어른의 삶으로 무사히 가기 위한 과정 중 하나예요. 터널이 길면 길수록 조금 더 안전하게 잘 가고 있다는 걸 잊지 않았으면 좋겠어요.

- 『흔들리는 십 대를 지탱해 줄 다정한 문장들』중에서

_____

_____

_____

_____

_____

지구도 중요하지만 여러분의 지구를 잘 지켜주었으면 좋겠어요. 나 자신의 행복을 가장 우선에 두세요. 부모님을 위해, 친구를 위해, 다른 사람의 시선을 위해 살지 마세요.

- 『흔들리는 십 대를 지탱해 줄 다정한 문장들』중에서

_____

_____

_____

_____

_____

_____

구경꾼이 아니라 주인공으로 살아야죠.
자신을 중심에 놓으세요. 내가 원하는 것,
내가 바라는 것, 내가 하고 싶은 것 등 '나'
를 중심으로 생각하세요.

-『흔들리는 십 대를 지탱해 줄 다정한 문장들』 중에서

_____
_____
_____
_____
_____

"지금 어렵고 힘든 거 알아. 조금만 더 힘
내. 잘 견디고 있는 네가 기특하고 대견해.
미래의 너는 걱정보다 잘되어 있어. 그러니
너무 걱정하지 말고 미래의 네가 있는 곳
까지 천천히 걸어와."

-『흔들리는 십 대를 지탱해 줄 다정한 문장들』 중에서

_____
_____
_____
_____
_____
_____

"오늘의 나야, 잘했어. 잘하고 있어."

"오늘도 수고 많았어."

"나는 더 잘할 수 있어."

－『흔들리는 십 대를 지탱해 줄 다정한 문장들』 중에서

_____

_____

_____

_____

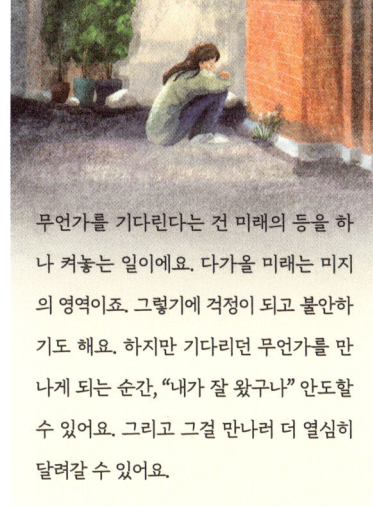

무언가를 기다린다는 건 미래의 등을 하나 켜놓는 일이에요. 다가올 미래는 미지의 영역이죠. 그렇기에 걱정이 되고 불안하기도 해요. 하지만 기다리던 무언가를 만나게 되는 순간, "내가 잘 왔구나" 안도할 수 있어요. 그리고 그걸 만나러 더 열심히 달려갈 수 있어요.

－『흔들리는 십 대를 지탱해 줄 다정한 문장들』 중에서

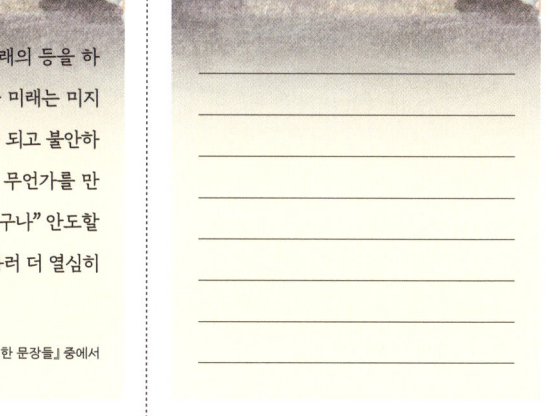

_____

_____

_____

_____

_____

_____

_____

_____

사람의 에너지는 축적되지 않아요. 시간이
지나면 사라져요. 십 대의 에너지는 십 대
에만 쓸 수 있어요. 그러니 오늘의 에너지
를 다 사용하세요. 한정판인 오늘을 놓치
지 말고 다 누려요.

　　　－『흔들리는 십 대를 지탱해 줄 다정한 문장들』중에서

_____

_____

_____

_____

_____

_____

'잘되지 않을까 봐 걱정돼? 괜찮아. 어떻게
든 돼' 이렇게 나를 지켜줄 말들을 찾아보세
요. 스스로 만들어보는 것도 좋아요. 마음
속으로만 떠올리지 말고 다이어리나 노트에
한번씩 적어보는 것을 추천해요. 직접 글로
쓰는 순간, 그 말은 나에게 다시 한번 새겨
지고 삶의 이정표가 되어주기도 하거든요.

　　　－『흔들리는 십 대를 지탱해 줄 다정한 문장들』중에서

_____

_____

_____

_____

_____

_____

_____

_____

흔들리는 십 대를 지탱해 줄
다정한 문장들

초판 1쇄 발행 2025년 7월 11일
초판 3쇄 발행 2025년 10월 13일

지은이 김혜정
펴낸이 김선식

부사장 김은영
콘텐츠사업본부장 임보윤
책임편집 김유리 **책임마케더** 지석배
콘텐츠사업10팀 이슬, 김유리, 이나영
마케팅2팀 이고은, 지석배, 최민경, 이현주
미디어홍보본부장 정명찬
브랜드홍보팀 오수미, 서가을, 김은지, 이소영, 박장미, 박주현
채널홍보팀 김민정, 정세림, 고나연, 변승주, 홍수경
영상홍보팀 이수인, 염아라, 김혜원, 이지연
편집관리팀 조세현, 김호주, 백설희 **저작권팀** 성민경, 이슬, 윤제희
재무관리팀 하미선, 임혜정, 이슬기, 김주영, 오지수
인사총무팀 강미숙, 이정환, 김혜진, 황종원
제작관리팀 이소현, 김소영, 김진경, 이지우, 황인우
물류관리팀 김형기, 김선진, 주정훈, 양문현, 채원석, 박재연, 이준희, 이민운
외부스태프 디자인 *weme* design 일러스트 아레아레아

펴낸곳 다산북스 **출판등록** 2005년 12월 23일 제313-2005-00277호
주소 경기도 파주시 회동길 490
대표전화 02-704-1724 **팩스** 02-703-2219 **이메일** dasanbooks@dasanbooks.com
홈페이지 www.dasan.group **블로그** blog.naver.com/dasan_books
용지 스마일몬스터 **인쇄 및 제본** 한영문화사 **코팅 및 후가공** 제이오엘앤피

ISBN 979-11-306-6830-7(43810)

• 책값은 표지 뒤쪽에 있습니다.
• 파본은 구입하신 서점에서 교환해 드립니다.
• 이 책은 저작권법에 의하여 보호를 받는 저작물이므로 무단 전재와 복제를 금합니다.

다산북스(DASANBOOKS)는 독자 여러분의 책에 관한 아이디어와 원고 투고를 기쁜 마음으로 기다리고 있습니다. 책 출간을 원하는 아이디어가 있으신 분은 다산북스 홈페이지 '투고원고'란으로 간단한 개요와 취지, 연락처 등을 보내주세요. 머뭇거리지 말고 문을 두드리세요.